호란의 다카포

국립중앙도서관 출판시도서목록(CIP)

호란의 다카포 / 호란. -- 서울 : 마음산책,
2008
p. ;   cm

ISBN 978-89-6090-031-8 03810 : ₩11000
029.1-KDC4
028.1-DDC21   CIP2008000787

호란의 다카포

호란

마음산책

호란의 다카포

1판 1쇄 발행 2008년 3월 20일
2판 3쇄 발행 2009년 4월 1일

지은이 | 호란
펴낸이 | 정은숙
펴낸곳 | 마음산책

등록 | 2000년 7월 28일(제13 - 653호)
주소 | 서울시 마포구 서교동 395 - 114 (우 121 - 840)
전화 | 대표 362 - 1452 편집 362 - 1451   팩스 | 362 - 1455
홈페이지 | http://www.maumsan.com
전자우편 | maum@maumsan.com

ISBN 978 - 89 - 6090 - 031 - 8 03810

* 책값은 뒤표지에 있습니다.

세상의 테두리 밖으로 벗어나지 않고도
있는 그대로의 나를 주장할 수 있는 세상이
나는 훨씬 탐난다

의외로, 혼자놀기는 보통 일이 아니다.

'혼자 있는 걸 좋아해요. 쉬는 날엔 분위기 좋은 카페에서 시간을 보내거나 사진을 찍으러 다니거나 하죠' 라고 세련되게 인터뷰하는 여가수가 얼마나 신비롭고 멋지게 보이든, 그녀의 말은 고도로 계산된 이미지 메이킹 멘트일 가능성이 높으며, 백 보 양보해서 진실이라고 해도 쭈뼛대며 혼자 문 열던 어색한 과거가 분명 존재했을 것이다.

한때, 다 큰 어른들이 술 한잔 없이 맨송맨송한 기분으로 몇 시간씩 수다 떠는 걸 절대로 이해할 수 없던 시절이 있었다. 아무리 천천히 시간을 둔다 해도 마시는 데 그렇게 오랜 시간이 필요하다고는 할 수 없는 커피 한 잔 앞에 두고 말이다. 그러니, 혼자 그런 곳에서 시간을 보내는 데에야.

눈만 말똥말똥 뜨고 빈손으로 앉아 있어서야 오래 버티기 힘들다.

혼자 노는 데에는 몇 가지 장비와 기술이 필요한데,

디카를 들고 미니홈피용 사진만 찍어대고 있다면 그건 혼자놀기 초보에 해당한다.

최신형 아이팟을 들고 인터넷에서 다운받은 미국 드라마만 들여다보고 있다면 자칫 일행을 기다리며 시간만 하릴없이 보내는 사람처럼 보일 수 있다.

그림을 좀 그리는 이라면 예쁜 수첩을 들고 *끄적끄적* 재능을 활용할 수 있겠지만, 나에게는 이 책을 만들겠다는 목적의식이 가장 좋은 '꺼리'가 되어주었다.

홍대 구석 카페에서 노트북을 펼쳐놓고 글을 다듬으며,
가끔 한 번씩 스트레칭을 해주며,
책을 읽고, 음악을 들으면서,
나는 정말로 행복했다.

다카포, 처음으로.
나의 오랜 혼자놀기의 산물인 책 이야기들,

더불어 놀면서 생겨난 음악 이야기들,

이 이야기들을 조근조근 엮어가면서 나는 내 시간들을 끊임없이 되풀이한다.

그 한 번 한 번마다, 처음으로 되돌아가 언젠가 'fine' 사인이 떨어질 때까지 나는 이렇게 서툴지만 사랑스러운 작업을 계속할 것이다.

강호에는 수많은 무림고수들이 존재한다.

그들의 존재를 뒤통수 한구석에 묵직하게 느끼면서도, 나는 이 책이 태어나준 것이 얼마나 즐거운지 모르겠다.

이 소중한 첫발을 디딜 수 있게 도와주신 모든 사람들,

지지해주고 격려해주신 모든 이들에게 마음으로부터의 감사와 사랑을 보낸다.

2008년 3월

호란

□ 차례 □

책머리에

¹ 호란, 선율 속을 노닐다

² 호란, 행간을 걷다

3 호란, 사람과 속삭이다

1

호란,
선율 속을
노닐다

우리는 오늘도 낙원에 간다

"어디야?"

"낙원."

"또?"

"한 번씩 와줘야지. 넌 뭐 필요한 거 없어?"

가끔 나는 이런 통화를 하게 된다. 상대방은 기타리스트거나, 퍼커션 연주자거나, 디제이거나. 음악을 하는 사람들은 예수님을 믿지 않더라도, 술에 취하지 않더라도 쉽게, 그리고 자주 낙원에 간다.

서울 종로구 낙원동에 자리 잡은 낙원상가는 오랫동안 뮤직 키드들과 뮤지션들의 메카 역할을 해왔다. 회색빛 외벽은 켜켜이 떨어질 것만 같고, 커다란 파란색 간판에 하얀 고딕체는 참 멋대가리도 없지만, 낡은 건물은 나름의 분위기를 갖고 있어서 왠지 반항적인 뮤지션들이 가득 살고 있을 것만 같다. 계단 위 난간에서는 항상 한두 명쯤 범상치 않은 외모를 한 사람들이 담배를 피우고 있고, 입구에서부터 복잡하게 들어선 악기점들은 정신 바짝 차리지 않으면 초심자는 나오는 길도 제대로 못 찾을 정도다.

내 인생의 첫 기타를 사던 날, 처음으로 낙원상가를 방문하면서 얼마나 떨렸는지 모른다. 까만 일렉기타 가방을 매고 오늘의 목표가 뭔지 확실히 안다는 얼굴로 돌아다니는 언더그라운드 락커Rocker들이나, 긴 머리를 늘어뜨리고 매장 안에서 현란한 연주솜씨를 뽐내는 주인장들은 다들 너무 대단해 보여서 지레 주눅이 들었다.

"어떤 기타 찾아요?"

그걸 알면 내가 기타리스트지 보컬이나 하는 건 마음뿐, 원하는 모델을 제대로 말하지도 못하는 나는 면허 딴 지 이틀 된 종로 길바닥의 여대생처럼 처량하기만 했다. 그나마 같이 갔던 남자친구가 기타리스트가 아니었다면 나는 인터넷 악기상점이 활성화될 때까지 기다렸다가 집에서 몰래 주문할 수밖에 없었을 것이다.

남자친구 등 뒤에 숨어서 우물거리기를 두어 시간. 그동안 그는 내가 겉모양만 보고 고른 기타들을 직접 쳐보고, 소리를 조절해보면서 장단점을 설명해줬다. 매번 너도 한번 쳐보라며, 직접 안고 쳐봐야 제대로 알 수 있다고 권하는데 아무리 봐도 베테랑으로만 보이는 이 만장하신 어르신들 앞에서 대체 내 빈약한 기타소리를 어찌 들이댈 수 있겠는가. '난 네 판단을 믿을래' 하는 소리만 자꾸 되풀이하면서 2층, 3층을 둘러보다가, 아, 마침내! 이제껏 봐왔던 기타들은 다 잊어버릴 정도로 아름다운 기타를 발견하고야 만 것이다.

미끄러질 듯 윤이 나는 선명한 빨간 몸체는 크고 아름다운 8자 곡선을 그리고, 금속 파트들은 모두 금장으로 화려하게 반짝이고 있다. 몸체의 빨간 색과 멋진 대비를 이루는 까만 픽가드에, 우아하게 패인 F홀까지. 소리를 들어볼 것도 없이 나는 기타를 보자마자 마음을 정했다. 저게 내 기타야. 저걸 안고 싶어.

사실, 낙원상가에서 사는 악기의 품질에 대해서는 말이 많다. 정식 수입이 아니네, 오이엠OEM이네, 톱밥을 뭉쳐 기타를 만드네, 분해해봤더니 내부가 엉망이었네 하는 소리는 끊이지 않고 계속 흘러나오는 불평들 중 일부에 불과하다. 그래서 전문 연주자들 중에서는 낙원을 기피하는 사람들도 적지 않다. 하지만 역시 음악을 막 시작하는 뮤직키드들에게 낙원은 아직도 제1관문이다. 팍팍한 아저씨를 만나 사기를 당하기도 하고, 원하는 모델을 찾지 못해 발이 부르트도록 발품을 팔고 다녀도, 간신히 발견한 맘에 드는 악기를 손에 넣어서 돌아오는 가슴속은 항상 터질 듯 부푼다. 남들이야 별로라느니 싸구려라느니 할지 몰라도, 내 눈에만 알토란 같으면 그까짓 게 다 무슨 소용일까. 몇백만 원씩 하는 전문가의 기타보다, 참새같이 모으고 모아서 간신히 장만한 몇십만 원짜리 기타가 제 눈에는 훨씬 소중하고 예쁜데.

아직도 나는 동행 없이 혼자서 낙원상가에 가는 게 조금은 어색하지만, 이런 식으로 첫발을 디딘 키드들 중에는 나름 단골가게에서 세월을 쌓아가며 탄탄한 신용관계를 만들어놓는 녀석들도 있다. 가끔은 일 없이 놀러갔다가 가게를 대신 봐주기도 하고, 주변에 나 같은 초심자가 악기 살 일이 있어 상담해오면 친한 주인장에게 전화를 걸어가며 단단히 부탁해두기도 한다. 이러니저러니 해도, 악기를 중심으로 모이는 사람들끼리 풍기는 사람냄새인 것이다.

이렇게 아직까지도 실질적으로 음악인들의 낙원 역할을 하는 낙원상가가 철거될 예정이라고 한다. 남산 조망권을 확보하기 위해서라고 하는데, 탁 트인 경관이 좋기야 하겠다마는 왠지 좀 섭섭하다. 한참 악기 구경을 하고 나오면 화려한 모양새로 나를 유혹했던 떡집이라든지, 십수 년째 훌륭한 가격안정정책을 실행하고 있는 1,500원 국밥집의 포스는 이제 느낄 수 없는 걸까. 괜한 뉴스에 애늙은이라도 된 것처럼 마음이 착잡해진다.

날카로운 첫가사의 추억

음악을 들을 때 제일 먼저 귀에 감기는 것은 일반적으로 멜로디다. 드럼이나 베이스 등 자기 전공이 확실할 때야 좀 다르겠지만, 그래도 음악을 듣는 사람들의 대부분은 멜로디를 먼저 듣는다.

물론, 일반적인 청취자의 입장이라고 하더라도 멜로디가 아닌 다른 요소에 먼저 꽂히는 경우는 많다. 미모에 꽂히는 흔한 경우, 특정 레이블 소속이라는 이유로 일단 지지하는 경우, 심지어 내 경우엔 라디오에서 들은 제목에 반해서 멜로디를 거의 기억하지 못하는데도 그냥 무턱대고 좋아하게 된 〈우리는 어쩌면 만약에〉라는 곡도 있다.

그런데 가사는 묘하다. 뭐랄까, 내 경우에 가사는 첫인상을 가지는 경우가 흔치 않다. 첫눈에 홀딱 가사에 반하는 일이 많지 않다는 말이다. 물론, 어떤 곡을 처음 녹음할 때야 새로운 기분을 느끼기는 하지만, 그럴 때의 기분은 감성적이라기보다 이성적이다. 아, 이런 내용의 곡이구나, 이 부분은 멜로디하고 가사가 참 잘 붙는구나, 여기는 발음이 좀 어렵네, 뭐 이런 정도?

가사는 내 안에서 소화될 시간이 필요하다. 천천히, 시간을 들여서(가끔 있는 예외, 예를 들어 며칠 전 차이는 바람에 세상 모든 이별곡이 내 이야기 같을 때 꽂히는 가사들은 실연에 무덤덤해지면서 또는 새로운 사랑을 만나면서 급격히 잊혀지므로 일단 열외로 한다).

독서백편의자현讀書百遍意自見이라 했던가. 멀쩡히 다 알고 있는 단어고, 흔하게 접해왔던 문구들인데도, 어느 순간 그 단어의 조합들이 특별하게 다가오는 순간이 있다. 아, 이 사람. 지금 이런 풍경을 표현하고 싶었던 거구나. 지금 이 노래의 주인공, 이런 기분인 거구나. 눈앞에 펼쳐지듯 생생하게, 가슴을 관통하듯 시퍼렇게.

노래를 부르다 보면 그 순간을 싱싱하게 느낄 수 있다. 지난 6월에 있었던 작은 콘서트는 오랜만에 내게 그 순간을 다시 보여주었다. 장애나 병을 가진 사람, 그걸 극복한 사람과 가족들을 담은 사진전과 함께 열리는 콘서트였는데, 다른 멤버들 없이 기타와 피아노만으로 공연을 해야 된다는 조건, 거기에 앞서 공연한 한영애, 노영심 선배님에 대한 부담감으로 나는 잔뜩 두근거리며 무대에 섰다. 갤러리를 가득 메운 청중들, 진지하고 숙연한 분위기. 하나만 준비된 마이크 앞에는 흰 조명을 받은 내가 홀로 서 있었다.

수도 없이 들었던 노래들이고, 공연에 앞서 한참을 연습한 곡들이었다. 내용은 이미 숙지하고 있었고 어디쯤에서 감정이입이 쉽겠다며 그날 올 손님들까지 머릿속에 그려놓은 곡들이었다. 그런데 두 번째 곡, 잉거 마리^{Inger} ^{Marie}의 〈Will you still love me tomorrow〉를 부를 때, 마치 젖은 한지에 먹이 퍼지듯이 단어 하나하나가 내 속에 스며들기 시작했다. 조명도, 악기소리도, 함께 연주하고 있는 연주자들도, 청중도, 뭉근한 공기 속에 하나로 뭉쳐지는 듯한 환상 속에서 내 팔은 나도 모르게 가장 크고 자연스러운 몸짓을 하고 있다. 그토록 사랑스러운 눈을 하고 있는 당신을 부르면서, 내일도 나를 사랑할 거냐고 아프게 물으면서, 언뜻 누군가의 얼굴을 만나기도 하면서. 그렇게 곡이 끝나고 눈을 떴을 때, 나는 마치 꿈에서 깨어나는 것 같은 느낌을 받는다.

좋은 가수라면 매 공연에서 이런 느낌 그대로를 관객들에게 전달할 수 있어야겠지만, 아직 나는 그럴 만큼 능력이 없다. 하지만 그렇기 때문에 가끔씩 찾아오는 이런 순간이 내게는 더없이 감미롭고 눈물 나도록 고맙다. 그렇게 매번 다시 느낀다. 이번에 그랬던 것처럼, 멜로디는 플레이 리스트에 곡을 추가하지만 가사는 가슴속에 곡을 새긴다. 그저 달콤하고 아름다운 노래였던 잉거 마리의 곡이 그 공연 이후로는 '나의' 곡으로 완전히 새로운 의미를 갖고 남게 된 것처럼.

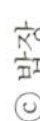

조명도, 악기소리도,
함께 연주하고 있는 연주자들도, 청중들도,
뭉근한 공기 속에 하나로 뭉쳐지는 듯한 환상 속에서
내 팔은 나도 모르게 가장 크고 자연스러운 몸짓을 하고 있다.

p.s.

⟨Will you still love me tomorrow⟩는 캐롤 킹의 원곡을 잉거 마리가 리메이크한 것이다. 이 곡을 한 번 불러본 뒤로 나는 두고두고 그때의 감동을 그리워했는데, 참 고맙게도 2008년 1월에 발매된 재즈 뮤지션 이정식 씨의 앨범에 피처링을 하게 되면서 다시 한 번 부를 수 있었다. 과분한 기회를 주신 이정식 선생님께 마음속 깊은 감사의 뜻을 전하고 싶다.

참, 그날 함께 공연한 H.H.C 씨에게는 깊은 사랑을, H.J.I 씨에게는 깊은 감사를. 두 분 모두에게는 신의 축복과 킹크랩을.

열정을 염가판매합니다

연말공연을 앞두고, 지인에게 문자메시지가 도착했다.

띵동 – '공연 표 두 장만.'

답장 – '이번에 내가 쓸 수 있는 초대권은 다 나눠줬는데.

이번만 그냥 오면 안 돼?'

띵동 – '내가 왜 돈 내고 그 공연을 보러 가냐?'

가볍게 생각하면 나름 가까운 사이니까 하는 말일 수도 있고, 자기 티켓을 남겨놓지 않았다는 게 서운해서 한 소리일 수도 있다. 하지만 나는 그때 정말로 화가 났었다. 그 사람과 다시는 연락을 하지 않겠다고 결심할 정도였으니까. 누가 보면 그 몇만 원 때문에 그렇게까지 반응할 필요 있겠느냐고 할지도 모를 이야기지만.

함민복 시인의 「긍정적인 밥」이라는 시에는 이런 연이 있다.

시집 한 권에 삼천 원이면

든 공에 비해 헐하다 싶다가도

국밥이 한 그릇인데

내 시집이 국밥 한 그릇만큼

사람들 가슴을 따뜻하게 덥혀줄 수 있을까

생각하면 아직 멀기만 하네

내 심보하고는 차원이 달라도 한참 다른 도량이다. 한 번 사두면 두고두고 읽을 수 있는 시집 한 권이 몇천 원. 하루 보면 기록해두기도 어려운 공연이 한 번에 몇만 원. 시인이나 가수에게 돌아가는 몫이 얼마든 간에, 어쨌든 돈을 내고 와주는 사람은 다른 곳에 쓸 수도 있었던 돈을 그만큼 아껴 여기에 투자한 것이다. 국밥 대신 시집을, 새 옷 대신 공연을. 그렇게 생각하면 와주시는 분들이 은인이요, 사소한 말 한마디에 삐치는 내가 소인배다. 거리에서 공연을 하며 누구라도 좋으니 잠시 멈춰서 내 노래를 들어주는 것만으로도 감사해 마지않던 올챙이 시절을 잊은 배부른 개구리일지도 모른다.

그래도, 그래도 힘이 빠진다. 티켓값 몇만 원 때문이 아니다. 한껏 설레는 마음으로 들쭉날쭉한 목소리를 가다듬으며, 여기선 어떻게, 저기선 어떻게, 한껏 신경을 곤두세우고 준비해온 내 모든 것이 부정당하는 느낌이다. 공짜라면 가볼 만도 하겠지만 돈이 들면 관두겠다, 내가 보여주는 모든 것들은 그 정도의 가치밖에 없다고 말하는 거나 마찬가지기 때문이다.

'클래지콰이' 3집 앨범을 발표한 직후 나에겐 이런 쪽지가 오기도 했다. '안녕하세요. 고등학생 팬입니다. 이번 앨범 너무 좋아요. 그래서 그런데 음악 파일 좀 보내주실 수 있을까요? 메일주소는…….'

참, 이쯤 되면 뭐라 할 말도 없고 화조차 나지 않는다. 오히려 그 고등학생에게 연민이 생기기까지 한다. 오죽하면 이런 쪽지까지 보냈을까. 실제로 한참을 고민했다. 집안형편이 어려운 학생일 수도 있는데, 보내줘야 할까. 돈이 없다고 좋아하는 음악을 듣지 못하는 건 너무 가혹한 일이 아닌가. 다행히 쓸데없는 오지랖으로 머리가 마비되기 직전, 인터넷이 된다면 수많은 공유 프로그램을 통해 그 학생이 파일을 직접 구할 수도 있다는 데 생각이 미쳤다.

뻔히 정해진 순서로, 가수나 작곡가들이 불법 다운로드 근절 캠페인 같은 거라도 벌일라치면 네티즌들은 돈 주고 살 만한 가치가 있는 음반이나 만들어놓고 떠들라고 응수한다. 커피 한두 잔이나 찜질방 한두 시간이면 몰라도, 앨범에는 그만한 가치가 없다는 말이다. 결국 시간과 공을 들여 소중히 만들어낸 앨범은 갈가리 흩어져서 한 곡씩 잘려 컬러링이나 벨소리, 미니홈피 배경음악이 되어 염가에 팔려나간다. 아니, 그렇게라도 팔리면 다행이다. 그보다 훨씬 많은 사람들은 블로그에 첨부된 음악을 찾아 컴퓨터에서 무한반복시키고 있다.

함민복 시인은 '시집 삼천 원'과 '국밥 삼천 원'의 가치를 가늠한다. 하지만 그건 소설가 김훈의 말에 따르면 그가 "가난과 불우가 그의 생애를 마구 짓밟고 지나가도 몸을 다 내주면서 뒤통수를 긁는 사람"이라서 그럴 수 있는 것이다. 그런 사람은 세상에 흔치 않다. 그러니 나같이 평범한 피에로는 그냥 계속 울면서 광고하고 다니는 수밖에. 열정을 염가판매합니다! 열정을 염가판매합니다!

이미지와 진실

　여덟 살 때 본 애니메이션 중 유니콘이 주인공으로 나오는 작품이 있었다. 유니콘의 뿔은 아무에게나 보이는 것이 아닌지라 보통 사람들은 유니콘을 그냥 흰 말로 볼 뿐인데, 나쁜 마녀만은 유니콘을 알아보고 사로잡아 자기의 이상한 동물원에 가둔다. 그리고 유니콘의 뿔을 볼 수 없는 관람객들을 위해 마녀는 진짜 뿔 앞에 가짜 뿔을 달아놓고, 사람들은 그녀의 빛나는 가짜 뿔을 보며 눈물을 흘리고 감탄한다.

　나는 이 아름다운 작품을 열대여섯 살이 될 때까지 되풀이해서 보고 또 보면서 판타지로 가득한 유니콘의 숲으로 내 어린 감성을 채워갔다. 잦은 이사 가운데, 이 소중한 비디오테이프가 결국 사라졌다는 걸 알았을 땐 얼마나 슬퍼했는지. 하지만 제목도 감독도 아무것도 기억이 나질 않아서 결국 포기해야만 했다. 그러다 드디어 스물일곱이 되던 해, 한 오타쿠 친구의 감동적이고 집요한 조사로 〈라스트 유니콘〉The Last Unicorn은 다시 나에게 돌아온 것이다. 그리고 아직까지도 보고 또 본다.

　어렸을 때 본 작품들이 나이 들어서 달리 보이는 건 당연하다. 기쁘게도,

이 작품은 어렸을 때 내가 봤던 것보다 훨씬 더 깊고 섬세한 감동을 주었다. 그런데 왠지 단순한 마음으로 스토리를 쫓아가며 보던 어린 시절과는 달리, 나이가 드니 좋은 건지 나쁜 건지 자꾸만 이렇게 저렇게 대입되는 현실의 상징들을 찾게 된다. '이 작품의 숨겨진 의미는 이거야!' 라고 딱히 정의 내리진 않아도, 그때그때 기분 따라 여러 가지 상황을 대입하며 '음, 현실을 적절히 비유하고 있어' 하고 끄덕끄덕, 뭔가 스노비시snobbish한 즐거움에 빠져버리는 것이다.

처음에 언급한 동물원 장면은 워낙 드라마틱한 장면이라 어릴 때도 인상 깊게 봤던 건 기억한다. 하지만 이제 와서 보니, 유니콘과 마녀의 대화가 그렇게 강렬하고도 껄끄러울 수 없는 것이다. 자신은 진짜이고, 진짜는 소유될 수 없으니 놓아달라고 말하는 유니콘에게 마녀가 말한다.

"넌 정말로 저 바보들이 내 도움 없이 널 알아볼 수 있었을 거라 생각하니? 천만에! 난 그들이 볼 수 있는 가짜 뿔을 달아야 했어. 요즘은 사람들이 진짜 유니콘을 알아보게 하려면 싸구려 요술이 필요하지."

몇 번을 봐도 서글프다. 마녀의 말에 반박하기가 어렵다. 이 대사가 어찌 만화 속 이야기이기만 할까. 2008년의 현실에 대입해봐도 마녀는 현명하고 현실적이다. 오직 정신 못 차린 유니콘만이 아직도 자기의 판타지 숲속에서 세상모르고 헤매고 있다. 자신은 진짜라며, 진짜는 소유될 수 없다며, 진짜는 불멸성을 가진 채 그저 존재하는 것이고 순수함은 그것을 알아보는 소수와 함께 고요하고 진지하게 나누는 것이라며.

로빈훗과 유니콘의 세계에서든, 아이팟과 영상통화의 세계에서든, 사람들은 언제나 유니콘을 보고 싶어한다. 유니콘이 원래 어디에 사는지, 왜 저 작은 우리에 갇혀 있는지를 궁금해하기보다, 눈앞에 빛나는 유니콘의 뿔을 확인하고 싶어한다. 그중에는 그냥 특별할 것도 없는 백마에 나무로 만든 가짜 뿔을 단 엉터리 유니콘도 있을 것이다. 그래도, 기껏 입장료를 지불한 관객들은 잘 보이지도 않는 '진짜 뿔'을 단 유니콘을 보는 것보다 찬란하게 빛나는 가짜 유니콘을 보는 것이 훨씬 행복하다. 입장료는 진실을 위해 낸 것이 아니라, 쇼를 위해 낸 것이기 때문이다.

나는 가끔, 내가 뿔이 보이지 않는 유니콘을 데리고 동물원 장사를 꾸려야 하는 마녀처럼 느껴질 때가 있다. 내가 아무리 이 유니콘은 진짜 유니콘이고 순수한 가치를 가지고 있다고 믿어도, 남들 눈에 뿔이 보이지 않아서야 사기꾼 아니면 정신 나간 사람으로 치부되기 딱 좋다. 사기꾼 패배자가

화려하지만 어색한 이미지의 세계보다는
차분하고 솔직한 진실의 세계를 볼 수 있는 때가 오지 않을까.
난 때때로 그리고 강렬하게, 염원한다.

되지 않기 위해서는 그럴듯한 가짜 뿔을 멋지게 달아줘야 한다. 그러면 내 눈에는 유니콘이 아니라 뿔 두 개 달린 괴물이 보이겠지만, 적어도 사람들은 즐거워하고 다시 또 입장료를 내고 기꺼이 찾아올 것이다. 그래도 완전히 아무것도 아닌 보통 말을 데려다가 사람들을 속이는 것보다는 이쪽이 그나마 낫다는 반쪽짜리 프라이드 같은 것도 생길지 모른다.

한 뮤지션은 인터뷰에서 이렇게 말했다. "사람들은 진실이 아닌 이미지만을 기억한다고 합니다." 그래서 결국 그것이 긍정적인 의미였는지 부정적인 의미였는지는 기억나지 않는다. 하지만 그의 말은 심리학적으로도 마케팅적으로도 옳다. 하늘색 정사각형 상자에 든 오픈하트 목걸이는 매장에서 산 정품이든, 인터넷에서 산 짝퉁이든 여자친구를 만족시킬 수 있고, 약간의 암시만으로도 사람들은 자신이 산길에서 본 것이 찢어진 검정 테이프가 아니라 외계인의 잔해라고 믿어 의심치 않으니까. 그러니 그 명백한 현상에 눈 가리고 아웅 하기보다는 차라리 이용해서 자신의 목적을 극대화하는 게 훨씬 현명한 방법일 것이다. 하지만 수년간을 진지하게 고민하며 음악에 바친 사람보다, TV 속에서 웃고 떠들며 음악은 나의 인생이라고 쉽게 얘기하는 사람이 더 뮤지션 대접을 받는 현실이 정말로 정당하다고 할 수 있을까? 역으로 뮤지션 대접을 받기 위해서, 전자가 후자의 흉내를 내고 있다면?

　솔직하게 말하자면, 나는 내가 입고 있는 '지적이고 섹시한 뮤지션'이라는 이미지가 부담스럽다. '지적이고 섹시한' 부분은 그냥 조금 머쓱한 정도고, '뮤지션' 부분은 상당히 송구스럽다. 나보다도 훨씬 뮤지션이라는 칭호가 어울리는 사람들이 아름답고 순수한 그들의 뿔을 빛내는 걸 보면, 미디어를 통해 내가 얻어낸 화려하기만 한 가짜 뿔이 민망해진다. 진짜랍시고 달고 있는 내 작은 뿔도 한참 옹색해 보인다. 하지만 내가 마음속으로 그들 앞에 몇 번을 무릎 꿇든, 진짜를 알아보는 그들의 눈에는 엉터리 뿔까지 두 개나 달고 다니는 미련퉁이가 보일 거다. 참 부끄럽게도.

　언젠가 질푼이 같은 끝은 회장도 벗어버리고, 가벼운 웃음 속에 진심을 섞지 않아도 되는 때가 오지 않을까. 하늘 높은 가짜 뿔을 달고 우쭐거리지 않아도, 내가 가진 작은 진짜 뿔을 가지고 소박하게 노래할 수 있는 때가 오지 않을까. 화려하지만 어색한 이미지의 세계보다는 차분하고 솔직한 진실의 세계를 볼 수 있는 때가 오지 않을까. 난 때때로 그리고 강렬하게, 염원한다.

연애를 하지 않았다면, 지금 나는
다른 음악을 하고 있을 것이다

비오는 새벽, 99년의 골방이 떠오른다. 당시 나는 겨울은 싫어하고, 가을은 따분하고, 봄은 근지러운 여자애였다. 한여름의 타는 태양만이 아름답고, 시퍼런 동해바다에서 몇 시간씩 자맥질을 하는 것만이 휴가의 진정한 의미인 줄만 알았던, 펄펄 끓어오르는 눈부심만을 사랑하던 만 스물을 갓 넘긴 여자애.

그럴 시절에 사랑에 빠지기에는 검은 옷을 즐겨 입고 팔다리가 긴, 비를 좋아하는 뮤지션이 적당하다. 손가락이 섬세하고 약간의 우울증 기미가 있는 기타리스트라면 더 좋을 것이다. 우연히 사랑에 빠진 그런 사람과 함께, 아버지께 물려받은 낡은 구형 그랜저를 몰고 다니며 되도록 조용하고 인적이 뜸한 곳을 찾아 함께 헤매는 데이트가 그 어린 여자애에게는 한없이 로맨틱하고 자극적인 일탈이었다. 그렇게 다니다 함께 새벽이라도 만나면, 연주하지 않아도 그의 긴 손가락에선 피아노 소리가 들리곤 했다.

그때 그 사람의 차에서 나는 수잔 베가Suzanne Vega를 처음 만났다. 베스트

앨범이었다고 기억한다. 익숙한 〈Tom's Diner〉와 〈Luka〉를 지나 〈Caramel〉
에 이를 때쯤, 나는 이미 그녀를 사랑하고 있었다. 〈Small Blue Thing〉
〈Liverpool〉〈The Queen and the Soldier〉, 아름다운 멜로디와 사색적인 목
소리. 첨탑의 정경까지, 석양의 질감까지 손끝에 바로 느껴질 것만 같은 가
사. 차라리 그 자리에서 그냥 울어버렸어야 솔직했을 테지만, 내게는 너무
멋져 보였던 남자친구를 따라잡기에 급급했던 치기어린 나는 그저 '이거 좋
네요, 좀 빌려갈게요'라고 쿨한 척 한마디 던졌을 뿐이다.

결국, 그 연애는 긴 후유증을 남기고 끝나버리고 말았지만, 그래도 수잔
베가를 남겼다는 것만으로도 나에게는 일등공신이다. 마음처럼 내 사람이
돼주지 않는 그에게 안달하며 매일 밤 일기 쓰며 지새우던 그때, 조금이나
마 그 차 안의 분위기를 이어오고자 들었던 음반들, 조금이나마 그의 분위
기를 닮고자 억지로 좋아하려 애썼던 아침 비, 조금이나마 잘 보이려고 레
코드점을 찾아다니며, 그의 차 안에서 보았던 씨디들과 그 뮤지션들의 다른
앨범들까지 사 모았던 그때가 없었다면, 누가 아는가. 지금쯤 환상적인 파
도타기 바이브레이션을 가진 알앤비R&B보컬이 되어 있을지.

그 이후로도 계속 골방 몇 칸을 거쳐오면서, 나는 아직도 노래를 하고 있
다. 양으로만 따지면 그때보다 지금 훨씬 더 많은 음악을 듣고 있을 텐데 아

직까지 나의 음악 취향이 많이 달라지지 않은 이유는 과연 성장판이 닫혀서일까, 아니면 그때 억지로 빗소리를 섞어가며 만들어온 취향이 사실은 나와 잘 들어맞았기 때문일까.

우연히 한 선배 뮤지션의 인터뷰를 보았다. 음악을 시작한 동기를 묻는 인터뷰어에게 그는 '여학생들에게 잘 보이기 위해서'라고 대답하고 있었다. 처음엔 쿨한 농담을 던지는 여유라고 생각했지만, 지금은 다분히 솔직하고 직설적인 대답이라고 생각한다. 이제 와서 음악을 듣자고 계속 연애를 해댈 수는 없는 일이지만, 나에게 아직도 음악은 사람이고 사랑이다. 하지만 그런 감성도 싱싱하게 잡아두기에는 무리가 있는 듯하다. 그때 그 속 타던 연애가 끝난 뒤 만났던, 뒤태가 예뻐 맘 설레던 사람이 좋아하던 마릴린 맨슨의 신보를 굳이 걸어놓고 애써 들으며 글을 시작했는데, 결국은 피오나 애플로 바꿔 걸고서야 마음이 안정이 된다. 그치만 이런 내가 솔직히 좀 서운한 건 사실이다. 내게 아직도 99년의 골방 감성이 남아 있었다면, 난 또 한 번 롸커로 뮤테이션했을까?

뒷북을 울려라 둥둥둥!

누구랑 싸울 일이 자주 있는 건 아니지만, A형이든 아니든 간에 이런 일은 자주 벌어진다. 상대방이 말도 안 되는 소리를 늘어놓으며 자기 잘난 듯, 마치 관대하다는 듯 어이없는 생쑈를 눈앞에서 벌이고 있을 때, '그래도 임마, 그게 그러면 안 되는 거지. 나도 앞으론 조심할 테니 너도 좀 이해해라'는 식으로 대충 얼버무리고 나면 꼭 한두 시간쯤 후에야 완벽한 시나리오가 떠올라버리는 것이다. 아, 그때 내가 왜 나도 잘못했다는 식으로 말했지? 이건 그 녀석이 속이 좁았던 거잖아. 왜 내가 그 녀석한테 이해받아야 한다는 식으로 말했을까?

가슴을 쳐봐야 이미 버스는 떠났고, 괜히 어두운 데 처박혀 혼자서 눈에 힘주고서는 그 완벽한 시나리오의 대사를 한 번 더 시뮬레이션해 보는 것으로 스스로를 위로할 수밖에 없다. 이것 보시게, 친구. 이건 이러이러한 점이 이치에 어긋났던 것이니 앞으로는 그러지 말아주길 바라네. 지금 그대의 주장은 타당성이 너무 떨어지지 않나. 쓸데없는 마찰로 인한 소모는 자네에게도 나에게도 상처만 될 뿐이니 앞으로도 우리 잘해보세. 허허 미안하긴, 이 친구…….

그런데 이런 뒷북 벽이 꼭 말다툼할 때만 나타나는 건 아니다. 데뷔하고 나서야 알게 된 사실이지만, 별로 눈에 띄지 않으면서도 나 스스로에게만 상당한 임팩트로 다가오는 뒷북이 있었던 것이다. 게다가 이 무시무시한 뒷북은 울리는 데 걸리는 시간도 들쭉날쭉할뿐더러 단순한 말다툼과는 달리 후유증도 꽤 오래 간다.

바로 며칠 전의 일이다. 데뷔 때부터 함께 일해온 동갑내기 매니저 Mr. Lee가 대기실에서 만화 삼매경에 빠진 나를 툭툭 친다. 모 잡지에서 의뢰해온 거라며, 피트니스 클럽에서 운동할 때 듣기 좋은 음악을 추천하란다. 운동하러 안 간 지도 벌써 몇 달인데, 내가 과연 뭘 들었더라…….

딱 한 곡이면 된다며, 거기에 그냥 두세 줄 정도 간단한 설명만 곁들여달라고 나를 재촉한다. 집에 들어가기 전까지 얘기해주겠다고, 일단은 시간을 벌어놓았다.

최근에 구입한 앨범들을 머릿속에 스캔해본다. 애니 디프랑코^{Ani DiFranco}를 두 장 샀고, 토리 에이모스^{Tori Amos} 최근 앨범을 샀지. 짜르^{Czar} 신보랑 매시브 어택^{Massive Attack} 베스트, 마릴린 맨슨^{Marilyn Manson} 한 장 저번에 얻어왔고…… 아 참, 제프 버클리^{Jeff Buckley} 리마스터 앨범. 제기랄, 왜 하나같이 이렇게 피트니스 클럽과는 거리가 먼지 원.

사실 나는 '엘리엇 스미스' Elliott Smith를 들으면서 시속 10킬로미터로 뛸 수도 있다. 그렇지만 잡지에서 의뢰해온 바는 그런 게 아니지 않은가! 뭔가 사람을 좀 고양시켜주는 음악, 큰 보폭과 뛰는 페이스에 맞을 만한 경쾌하고 신나는 음악을 원하는 게 당연한데, 꼭 그럴 땐 생각이 나질 않는 것이다.

아아, 분명히 내가 옛날에 러닝머신에서 떨어뜨려 발판을 타고 저~ 뒤에까지 나가떨어진 씨디피를 주우러 다니던 때 듣던 신나는 음악들이 있을 텐데. 그때 내가 뭘 들었더라?

매니저와 함께 집에 거의 다 도착해서야, 나는 할 수 없이 제일 처음에 머리를 스친 음악을 추천하기로 했다. 나온 지 10년이나 된 거라 괜찮을까 싶지만, 그래도 지금 생각나는 것 중에는 이 곡이 제일 맞을 것 같아요. '오프스프링' Offspring의 〈Pretty Fly〉라고…… 아, 그래요? 그러면 간단한 추천 사유를 짧게 여기다 써주세요. '핫팬츠를 입은 사춘기 여자애와 적당히 불량기 있는 남자애가 희롱하는 듯한…… 어쩌구저쩌구…….'

그렇게 뭔가 개운치 않은 기분으로 며칠을 지낸다. 뒷북이 아직 울리지 않는 것이다. 뭔가 좀더 괜찮은 게 있을 법도 한데……

그러다 하루 맘 잡아서 새로 사온 씨디들을 붙들고 한꺼번에 아이팟에 옮기느라 끙끙대다가, 나는 발견하고야 만다. '제이슨 므라즈!'^{Jason Mraz} 오, 이거였구나. 이거면 나온 지도 얼마 안됐고, 적당히 신나기도 하고, 무엇보다 추천하기에 폼도 적당히 사는 것이 딱이었겠는데.

하지만 이미 늦었다. 내가 추천한 곡과 사유는 이미 잡지사로 넘어갔을 것이고, 잡지가 나오면 몇몇 사람들은 '흐음, 이 여자가 취향이 이랬었군' 하고 생각해버릴 것이다.

떠난 버스 꽁무니에 대고 '아니, 제이슨 므라즈, 제이슨 므라즈!!!' 하고 아무리 외쳐봐야 그 소리는 아무도 듣지 않는다. 그러고 보니 이 글도 문득 두려워진다. 최근 구입 씨디 목록을 너무 나열해놨나…… 저것도 몇 달 지나 책이 나오고 나면 '아, 그때 좀더 폼 나는 그 씨디를 써넣을걸……' 이라고 생각하게 될지도.

p.s.
아니, 난 저 뮤지션들을 사랑한다!

사실, 요즘은 피트니스 클럽들에 TV모니터가 달려 있는 경우가 많아서,

가장 많이 듣는 거라면 역시 〈친구들〉〈섹스 앤 더 시티〉〈미국 아이돌〉 같은 프로
그램 대사 정도 되겠다.

Oh my love

한참 우울하던 때, 내게 사랑의 주제가는 단 한 곡뿐이었다. '짜르'의 〈Drug〉. 음울한 기타소리와 낮게 가라앉은 보컬의 목소리. '나를 도살장으로 이끌어 내 목을 베어버리는' 잔인한 연인에게, 그래도 너는 마치 마약과도 같은 사랑이라고 노래한다.

현실에서 우리가 만나는 대부분의 연애는, 학교 선배, 동호회 회원, 친구 오빠같이 심상한 만남으로 시작해 알콩달콩한 초기 연애를 지나 환상이 깨어지면서 서로 익숙해지고 결국 시들하게 식상해져버린 마음에 어떻게든 그럴듯한 이름표를 붙이면서 끝나는, 드라마틱한 사랑과는 거리가 먼 경우가 대부분이다. 그리고 사실, 가장 행복하고 바람직한 연애란 별 파란 없이 둥글둥글 서로 잘 만나 남들의 축복 속에 결혼해서 애 낳고 같이 허리 두드려가며 키우는 흔하디흔한 관계이기도 하다.

하지만 이상하게도 연인들은 가장 로맨틱한 연애의 마스코트로 해피엔딩의 주인공이 아닌, 어처구니없는 오해로 함께 죽은 로미오와 줄리엣을 꼽는 것이다. 영화관에서는 겨우 며칠 만난 여자에게 사랑한다며 당신은 제발 살아남아 달라고 손을 놓고 바다로 잠겨드는 디카프리오를 보며 눈물을 펑펑 흘리고, 어이없게도 별 모험도 없는 이 현실세계에서 남자친구에게 '너도 나 대신 죽어줄 수 있냐'며 토라져버리기도 한다. 한마디로, 연인들은 언제나 비극을 꿈꾸는 것이다. 주변의 반대가 있으면 더 타오르는 연인들의 심리도 마찬가지일 것이다. '드디어' 비극의 주인공이 되었다는 그 비밀스럽고 발칙한 만족감.

나 역시도 한때는 '나쁜남자 콤플렉스'에 휩싸여, 나를 괴롭히는 성실하지 못한 연인에게 목을 맨 적이 있다. 매일매일 일기를 써가며 '아무것도 기대하지 말자. 저 사람은 내일이면 나에게 헤어지자고 말할 테니까'라고 하루하루 마지막 날처럼 지냈던 그 말도 안 되는 시간들. 그 당시에는 내가 나를 아프게 하는 그를 너무 사랑하기 때문에, 그 모든 아픔들은 감수하는 짙고 짙은 사랑의 주인공이라고 생각했지만, 지금 와서 되돌아보면 비극 속에 잠겨 있는 그 상태를 전혀 즐기지 않았다고 할 수는 없을 것 같다. 1년 남짓한 만남 끝에 결국 차였을 때도, 나는 비극을 더 비극답게 하기 위해 심지어 일부러 다이어트까지 했을 정도니까. 아니, 살 빼고 예뻐져서 그 사람이 후회하게 하겠다는 게 아니라, 죽도록 사랑하다 결국 깨졌다면 시름시름 야위어가는 게 더 비극답고 아름답지 않겠느냐는 속내였던 것이다.

이제 내 사랑의 주제곡은 바뀌었다.
'그대를 만나서 내 눈이 열려 하늘이 보이고 나무가 보이는'
너무도 아름다운 '존 레논'의 <Oh My Love>다.

우리가 꿈꾸는 연애의 환상, 사랑의 드라마는 언제나 이렇게 발칙한 이중성을 가지고 있다. TV와 책 속에는 누구나 품고 있는 비극에의 동경을 만족시켜줄 수 있는 스토리들이 흘러넘친다.

그래도 비로소 사춘기를 벗어난 나는 이제 더 이상 내 사랑에 비극이 끼어들지 않기를 바란다. 남들의 관심을 끌 만한 다이내믹한 비바람도 필요 없다. 잘 만나서 잘 연애하고 곱게 결혼해서 애 낳고 잘 살 거다. 이제 내 사랑의 주제곡은 바뀌었다. '그대를 만나서 내 눈이 열려 하늘이 보이고 나무가 보이는' 너무도 아름다운 '존 레논'의 〈Oh my love〉다.

사실은 지겨워서 해보지도 않고서
사실은 귀찮아서 해본 척만 하며 지냈지

나와 내 친구들은 술에 취하면 항상 허튼소리를 하며 즐거워해대는 버릇이 있다. 맨정신에 들었다간 내 스스로도 얼굴이 뜨거울 정도로 민망한 얘기들이지만, 그래도 술버릇이란게 원래 그렇다, 한번 인이 박이면 쉽게 떨어지지 않는 법. 20대 후반에서 30대 초반으로 이루어진 이 패거리들이 아직도 벗어나지 못한 사춘기성 술버릇은 바로 이상적 논쟁 취미다. 논쟁이라고 하면 너무 거창할까, 술김에 뱉어내는 말들이 논쟁이란 단어가 어울릴 만큼 논리적일 리는 없다손 치더라도, 그냥 그 정신에는 왠지 내가 지금 지껄이는 소리들이 꽤나 타당하고 멋지게 느껴지는 것이다.

여러 가지 말들이 오간다. 새로 개봉한 영화가 실망이라느니 봐줘야 한다느니, 누가 성형을 했느니 음악성이 어떻느니부터 종교가 어쩌고저쩌고까지. 술 취한 청춘들은 온 세상과 그 이치마저 자신의 취기로 감당해버리려 한다. 늘상 하던 얘기들에 디테일만 조금씩 달리해서 끊임없이 되풀이하는 얘기의 와중에 술이 약한 친구들은 먼저 나가떨어지고 마는 풍경, 한 주에도 몇 번씩 익숙하게 벌어진다.

홍대에서 늘 모이는 멤버들과 함께 여전히 그렇고 그런 곳에 스멀스멀 자리를 잡았다. 언제나 그랬듯이 몇 시간쯤 지나면 오늘도 우리는 웃으면서 자조 반 유쾌함 반으로 결론 내린다. 우리는 꼭 고양이 얘기로 시작해서 서로 영화 추천하기 난투를 벌이다 마무리는 꼭 여행으로 끝나더라고. 어째 이 패턴을 벗어나질 않냐. 아니, 그거 말고 더 중요한 얘기 있으면 한번 해봐. 그거야 딱히 없지. 그러니까. 아, 그러나저러나 거기 더 개발되기 전에 땅이나 사두자. 나중에 우리 거기서 칵테일이나 팔면서 바다 보면서 기타 치고 놀고 그냥 그렇게 사는 거야. 각출해, 각출해. 근데 니가 과연 비키니가 어울릴까? 시끄럽다고.

왜일까. 엄격한 직장에서 칼 같은 출근시간에 시달리며 일주일에 엿새씩 일하는 고등학교 동창보다도, 남들 일할 때 놀고 남들 놀 때 일하는 친구들이 훨씬 더 많이 떠남을 그리워한다. 상식적으로 보자면 규격화된 일상 속에서 살아가는 사람들이 훨씬 더 일탈을 꿈꿀 법한데, 성향의 차이 때문인지 아니면 단순히 더 자주 말하는 분위기인 건지 술 한잔 걸치면 그렇게들 어딜 가고 싶단다. 동남아 비중이 가장 높고, 그 다음으론 근소한 빈도차로 영국이 거론된다. 환율이 떨어지면서는 일본도 대안으로 자주 입에 오르고.

나는 종종 프랑스를 이야기한다. 대학시절 배낭여행으로 다녀왔던 프랑스 몽마르트 언덕의 불춤 추던 집시를 잊지 못하기 때문이다. 분위기 좋은 노천카페는 유럽 어디에서도 만날 수 있었고, 거리의 화가나 마이미스트도 드물진 않았지만, 호리낭창한 허리에 이국적인 롱스커트를 휘감고 불 붙은 곤봉을 휘돌리던 집시는 그 어디에서도 만나지 못했다. 겨우 사흘 머물렀던 프랑스, 겉핥기에도 벅찼던 드넓은 프랑스 땅은 그 한 번의 만남 때문에 나에게 세상 어느 곳보다 예술적인 곳으로 남아버린 것이다.

거기서 하다못해 편의점 아르바이트라도 하고 싶어. 유럽은 인건비 비싸니까 어떻게 집세 정도는 낼 수 있지 않을까? 그리고 그 언덕으로 가서 노래를 할 거야. 요즘은 아무나 가서 공연 못 한다던데. 뭐라? 헛소문이야, 헛소문. 하루 종일 노래하면 어떻게 사발면 값은 나오지 않겠냐? 근데 거기 사발면 값 정도로 먹을 수 있는 게 있을까? 다이어트에 좋겠네!

맨정신으로는 입에 올리기도 부끄러운 치기. 하지만 여전히 나는 술에 취할 때마다 프랑스를 얘기한다. 인건비가 비싼 동네니까. 지금은 여건이 안 돼서 못 가지만 한 1, 2년쯤만 빈다면 반드시!

그러다 진짜로 1, 2년쯤 시간이 확 비어버린다면 어떻게 해야 하나? 진짜로 호기롭게 떠날 수 있을까? 문득 토마스 쿡의 가사가 떠오른다. '사실은

지겨워서 해보지도 않고서 사실은 귀찮아서 해본 척만 하며 지냈지~' 당

신, 어떻게 안 거지? 당신도 나랑 똑같았구나?

나랏말쓰미 미쿡에 달아

나는 우리말을 사랑한다. 굳이 고은 시집을 뒤적이지 않더라도, 우리 판소리의 푸지고 선득한 가사를 들먹이지 않더라도, 뒷골목 욕쟁이 할머니가 구사하는 문장들의 현란한 스펙트럼만 보면 우리말이 얼마나 재미나고, 시시콜콜 많은 표현들을 가지고 있는지가 충분히 드러난다. 우스갯소리로, 욕쟁이 할머니집들이 잘되면서부터 원래는 점잖으신 할머니들이 욕 특훈까지 한다고 하는데, 하려면 제대로 해야지 어설퍼서야 금방 들통 날 일이다. 프로들은 그 미묘한 어미와 어조의 변화, 구사하는 단어들의 창의성 정도로 진짜와 가짜를 금방 구분해내니 말이다. 문두부터 대뜸 욕쟁이 할머니를 근거랍시고 들이미니 좀 민망하기도 하지만, 파랗고, 푸르고, 퍼렇고, 푸르딩딩하고, 푸르죽죽한 그 많은 색깔들을 우리말이 아니고서는 그만큼 맛깔나게 표현할 수 없으리란 것은 수긍할 수 있을 것이다. 어디 색깔뿐일까. 대명사 따위 없이 어느 한 문장 중복되는 표현을 쓰지 않는 소설가라든가, 단어 하나를 수십 수백 개로 변형해가며 끝없는 리플놀이를 즐기는 네티즌들도 정말이지 우리말 고수들이다. 하지만 그런 뿌듯함도 무색하게 나는 때로 우리말 속에서 길을 잃고 원망까지 해댈 때가 있다.

2007년 10월, 세 사람은 드디어 의기투합해서 새로운 앨범을 준비하기로 결심했다. 매일 새로운 곡을 내놓고, 매일 데모를 만들고, 서로를 만났다는 것에 진심으로 감사하면서 작업이 그렇게 신날 수가 없었다. 작업과정 중, 본 가사가 나오기 전에 영어로 가이드 가사를 쓰는 것은 내 몫이었는데, 오랫동안 기다려온 작업이 시작된 데 흥분해서 임시로 쓰고 버릴 가이드 가사조차도 나에겐 너무 소중했다. 새가 게으르게 날고, 호수에 별이 빛나질 않나, 비밀의 안개가 어쩌구저쩌구, 예이츠라도 된 기분으로 앉은자리에서 하나씩 펑펑 쏟아냈던 그 의욕 충만함. 편곡도 되지 않은 곡들을 즉석에서 기타 두 대와 함께 녹음하면서, 우리 이러다 진짜로 크게 사고치는 거 아닌가 김칫국도 훌훌 마셔댔다.

일이 너무 쉽게 풀린다 싶었다. 하지만 때가 되면 어김없이 태클은 들어오는 법. 영어로 써놓은 가사를 한글로 옮기는 과정이 이렇게 머리에 쥐나도록 힘들 줄은 몰랐다. 처음부터 우리말로 가이드 가사를 썼으면 그런 일도 없었겠지만, 쉽고 빠르게 쓴다고 영어로 풀어놨더니 우리말 발음이 영 안 붙는 것이다.

내가 교포도 아니고 유학파도 아닌데, 가이드 가사를 쓰는 데는 왠지 영어만큼 편한 게 없다. 딱히 내가 영어를 너무너무 잘해서는 아닐 것이다. 가사에서 구사하는 어휘들은 끽해야 중학교 3학년 수준에 머물러 있으니까. 하지만 영어 가사를 쓰는 데는 몇 가지 편리함이 있다. 1)적당히 쉽고 일반적인 표현들만 늘어놔도 그럴듯한 가사를 만들 수 있고, 2)단위 음절 당 표현되는 단어의 수가 평균적으로 더 많으며, 3)멜로디와 어울릴 때 좀더 매끄럽게 흘러가는 경향이 있다. 솔미미솔, 네 개의 노트가 있다고 한다면, '오늘밤에'라는 한 단어보다, 'I've been waiting'이라는 문장이 완성되는 편이 당연히 더 수월한 것이다. (어디까지나, 임시로 쓰이고 말 가사라는 걸 잊지 마시길. 문학적 가치가 있는 엄청나게 시적인 가사를 생각하며 삐뚜름한 웃음을 머금어서야 아니 될 말이옵니다.)

하지만 우리는 자랑스러운 대한의 아들딸이라, 무슨 일이 있어도 완성된 가사는 우리말을 쓰려고 한다. 대부분의 경우에선 창법이나 부를 때의 리듬을 조금씩 손봐가면서 새로운 느낌으로 완성이 가능하지만, 어떤 곡들은 정말 대책이 안 서는 경우도 있다. 너무너무 아끼는 곡이었는데, 아, 가이드 가사로 불렀을 때는 정말 멋있었는데, 왜 어떤 가사를 붙여도 느낌이 안 사는 것일까. 왜 이렇게 어색한 걸까. 난 바본가 봐. 재능이 없어. 노래를 못 불러. 아아, 도망가고 싶다.

그런 패닉 끝에 심지어는 아예 버리려 했던 곡도 있었다. 우리의 능력으로는 이번엔 정말 답이 없다. 이 곡은 포기하자. 이건 영어가 아니면 안 되는 곡인가 봐. 어쩌다 이런 곡은 만들어가지고. 에잇, 그냥 영어로 된 곡 하나쯤 있으면 안 될까? 쉬운 단어들만 쓸게. 하지만 결국 우리는 그 한 곡에 연연해 영어 가사와 타협하기보다는 앨범에 수록될 다른 곡 작업을 시작하기로 했다. 세 사람 모두의 마음속에 드글드글한 미련은 서로 말하지 않아도 알 수 있었지만.

오늘은 그런 식으로 사장될 뻔했던 한 곡을 간신히 구제한 날이다. 노래 녹음을 끝내고 최종 오케이 사인을 받기 전까지 확실히 단정 지을 수 있는 건 아무것도 없다. 언제 어디서 예기치 못한 복병이 나타나 태클을 걸어올지 모르니까. 하지만 오늘은 무사히 마무리된 듯하다. 휴우. 새로운 가사를 써서 멤버들에게 들고 갈 때 얼마나 조마조마했던가. 아, 이 부분. 조금 표현이 강한가? 주제가 너무 난해할지도 몰라. 발음이 새지는 않은지, 리듬과 조화는 좋은지. 도대체 왜 이렇게 신경 쓸 일이 많은 거지? 다른 사람들도 다 이런 식으로 작업하는 건가? 세상에. 다들 천재들뿐인가 보군.

이번에는 어찌어찌 내가 간신히 쓸 수 있었다. 저번에는 거정 오빠가 한 곡 살렸다. 지나고 나면, 이렇게 잘 붙는 걸 왜 그렇게 고생을 했지 싶지만 또 가사가 막히기 시작하면 세상에 그렇게 답답하고 안 풀리는 일도 없다. 내가 지나치게 집착해서일지도 모른다. 어떤 이들은 쉽게 생각해야 더 자연스럽고 마음에 와 닿는 가사가 나온다고도 하는데, 첫, 나에겐 하늘이 그런 재능을 주지 않았다. 어쩌겠는가. 못난이 돌덩이가 덜그럭덜그럭 서툴게 구르고 헤매도, 내 스타일대로 하는 수밖에. 아무래도 그대를 사랑해서 가슴이 찢어질 듯이 절절한 가사들은 입이 부르기 전에 일단 손끝에서부터 닭살이 돋으니 말이다.

오늘 완성된 곡의 가사를 다시 한 번 작게 흥얼거린다. 아, 어쩌다 나왔는지 이번 가사는 참 마음에 든다. 역시, 이런 표현은 영어로는 무리지. 이렇게 선명한 씬scene을 그려낼 수 있는 언어가 우리말 말고 또 있겠어. 절묘해, 절묘해. 다음 가사는 언제까지 완성해야 했더라? 언제가 됐든, 이번 미션도 성공했으니 다음엔 더 수월할 게 틀림없다. 문득, 영어로 5분 만에 써내려갔던 가이드 가사가 한없이 초라해 보인다. 저런 빈약한 표현들로 이 좋은 멜로디를 낭비했어봐. 안 될 말이지.

전화가 왔다. 다음 작업이 이틀 후란다. 이런, 큰일 났다. 아직 가사 안 썼는데!

벨소리 유감

　나는 5년째 같은 핸드폰을 쓰고 있다. 데뷔 직전에 마련해서 이제껏 새로 사지 않고 꾸준히 쓰고 있는데, 사실 '한 핸드폰으로 쭈욱'이라고 말하기엔 좀 걸끄러운 면이 있다. 이제는 생산되지도 않고, 있어봐야 5만 원 정도의 헐값에 팔리는 구닥다리에 겉껍데기 바꾸느라 한 번, 메인보드 교체하느라 한 번 목돈이 들어갔기 때문이다. 살 때야 삐가번쩍한 신제품이었고 거기에 18k 금장파트가 달린 한정생산품이었기 때문에 좀 폼나는 아이템이었지만, 자고 일어나면 신제품이 우르르 쏟아지고 있는 마당에 5년이란 세월은 좀 길긴 길었다. 거기다 케이스 갈았겠다, 메인보드 갈았겠다, 키패드도 한 번 바꿨으니, 사실상 내가 처음에 샀던 오리지널 핸드폰은 이미 아니라고 봐야 할지도 모른다. 뭐랄까, 세포주기가 한 번 돌았달까?

　블루투스 안 돼, 카메라 없어, 엠피쓰리 못 들어, 심지어는 웬만한 게임도 버벅대서 못하는 이 구닥다리 핸드폰 덕에 벨소리도 덩달아 데뷔 때 그대로다. 처음엔 핸드폰 벨소리가 화음으로 나온다는 사실만으로도 지극히 럭셔리하기만 했는데, 언제부턴가 원음벨 같은 것이 등장하더니, 이젠 전화가

오면 가수의 우렁찬 울음소리가 들리는 게 당연한 일이 되어버렸다. 하지만 내 안쓰러운 핸드폰은 그런 벨소리를 받아들이지 못하는 것이다. 한참을 뒤져서 겨우겨우 마음에 드는 뮤지션의 음악을 찾았는데 '서비스를 사용할 수 없는 단말기입니다' 라는 대화 상자가 뜰 때, 참 허무하면서도 괜히 머쓱한 그 기분. 라이브벨이 뭔지, 마이벨, 커팅벨은 다 무슨 소린지 하나도 모르겠는데, 또 무슨 동영상 벨 메뉴까지 있다. 이젠 노래도 모자라서 뮤직비디오까지 한꺼번에 패키지로 파나 보다. 아아, 이 고물 핸드폰 가지고는 도저히 못 따라가겠다.

그래서 내 핸드폰 벨소리는 5년째 소리도 단순한 오르골 소리다(그나마 다운받은 벨소리는 둘뿐이고, 나머지는 기본으로 내장된 소리를 쓰고 있다). 그래도 다행히 처음 다운받을 때 존 레논의 〈Oh my love〉와 〈Love〉를 받아놓았는데, 알람소리로 쓰면서도 아직껏 질리지 않고 잘 쓰고 있으니 다행이다. 게다가 단순무구한 오르골 소리다 보니 음량이 커져도 소리가 찢어질 일 없고, 보컬이 없으니 한참 못 받고 놔둬도 워우워어 클라이맥스로 치달을 일 없어서 좋다.

사실, 함께 일하는 매니저들은 한솥밥 먹는 식구들의 노래를 벨소리로 설정해놓는 경우가 많다. 그러다 보니 예기치 못한 부작용이 생기는데, 앞의

네 마디가 끝나기도 전에 '여보세요!'로 연결되는 데에 익숙해져버린다는 것이다. 실제로 2007년 초, 'W&Whale'의 〈월광〉이 설정되어 있었을 때, '마음의 준비를 해 긴 밤이 (여보세요!)' 때문에 그 노래를 너무 외우고 싶은데 잘 안 됐던 황당한 일도 있었다. 이승열 씨의 신곡도 한동안 나에겐 '나~~는 오늘도~~~(여보세요!)'로 존재했다.

분명, 귀한 돈 주고 일부러 다운받아 저장할 정도면 그 노래를 좋아하는 사람일 것이다. 그런데 그렇게 찢어지는 소리로, 앞에 두 마디 듣자고 벨소리로 설정하는 것이 과연 즐거울까? 그렇다고 노래 듣자고 전화를 안 받을 수도 없는 노릇이고. 구닥다리 핸드폰 때문에 본의 아니게 뒤처졌더니 별스러운 의문이 다 든다. 날이 갈수록 화려해지는 핸드폰 벨소리. 과연 목적이 뭘까?

참고로 나는 컬러링도 쓰지 않는다. 예전에 꼭 한 번, '에어'Air의 〈Sexy Boy〉를 설정했다가 퇴폐적이라고 엄마한테 한참을 야단맞은 뒤로는 성가셔서라도 그냥 뚜루루루하는 통화연결음으로 내버려둔다. 게다가 컬러링은 내가 내 돈 주고 다운받아서 한 달에 한 번씩 사용료까지 내는데, 내가 들을 일은 생전 없지 않은가 말이다. 그래서 그냥 놔두고 있는데, 가끔 속 모르는 사람들은 시류에 편승하지 않는 점이 쿨하다며 추켜세우곤 한다. 아니, 그냥 쓸데없는 지출이 싫을 뿐이고, 정들어버린 핸드폰이 너무 구형인 것, 그뿐이다.

악필 주제에 붓 타령

아무리 잘 봐줘도, 내 기타실력은 좋다고 평가하기 힘들다. 연습도 들쑥날쑥하게 하고, 굳은살도 생기다 말다, 안고 노래라도 부를라치면 박자도 왔다갔다 아주 가관이다. 그런데도 나에게는 일렉기타 한 대를 포함해서 기타가 세 대나 있다.

첫 기타는 스물한 살 때, 친한 언니가 선물한 것이다. 10만 원 정도밖에 안 해, 라면서 쿨하게 웃고 있던 그 언니는 그때 내 눈에 부의 여신처럼 보였다. 지금 돌이켜 생각해보면 기타치고는 아주 저가인 것이 사실이지만, 그때 마음에 10만 원이면 보통 돈이 아니었다. 손가락 두 개만 가지고 칠 수 있는 것들은 모조리 치려들던 첫 번째 기타.

두 번째 기타이자 내 돈을 모아서 장만한 첫 번째 기타는 빨간 세미 할로 바디의 일렉기타다. 통기타를 한참 가지고 놀아도 진전이 없자, 이렇게 실력이 안 느는 건 틀림없이 손가락이 너무 아프기 때문이라는 나름의 결론을 내린 뒤 남자친구를 꼬셔서 낙원상가엘 갔었다(왜 그때 차라리 나일론 기타를 사지 않았을까).

세 번째 기타 역시 낙원상가에서 구입했다. '역시, 내 손으로 직접 장만한 기타가 정이 붙어서 연습도 열심히 하게 되지 않겠어? 그리고 내가 좋아하는 뮤지션들은 다 통기타만 치니까.' 기타를 치는 친구를 꼬셔서 여기저기 돌아다니다 이번에도 어김없이 기타 관상만 보고 결정했다. 바디에 예쁜 나팔꽃과 벌새가 나무로 상감되어 있는 여성스러운 기타였다.

어쩌다 우연히 얻게 된 기타 이후 이런저런 핑계로 실력도 늘지 않은 채 세 대나 생겼지만, 어쨌든 그 벌새 기타 이후로 연습량이 획기적으로 늘어난 건 사실이다. 이 이상 변명만 하고 있어선 안 되겠다는, 뭔가 진지한 반성이 생겼기 때문이다. 하지만 그와 더불어 괜한 악기 욕심도 자꾸만 생겨났다. 통기타를 든 여성 뮤지션의 아름다운 모습을 동경만 할 때와는 달리, 한번 손에 들어보니 내 안의 무언가가 해금解禁되었달까. 좋아 보이면 일단 한번 해보자는 주책스러움 같은 것이 생긴 것이다.

멋있는 척 '열정'이라고 표현하지 않고 굳이 '주책스러움'이라는 말을 선택한 건 내가 나를 잘 알기 때문이다. 그렇게 해서 제대로 시간과 노력을 들여 실력을 쌓아갔다면 대단한 열정이겠지만, 난 뭔가 자꾸만 흐지부지된다. '케니 웬'Kenny Wen과 '류이치 사카모토'가 함께 연주한 〈花非花—A flower is not a flower〉를 듣고 눈물이 날 정도로 감동한 뒤, 어렵게 구한 얼후.胡琴

의 일종인 중국 현악기 지인을 총동원해서 어렵게 찾아낸 얼후 선생님. 그 노력도 무색하게 도레미파 스케일만 간신히 배우고 나서 스케줄이 어쩌니 하며 이제까지 그저 제자리걸음이다. 언더그라운드 뮤지션이 대금과 함께한 공연을 보고 느낌 충만한 채 친구네 집에서 뺏어온 대금도 몇 번이나 불었을까. 신기하고 예쁘다며 두 개나 충동구매한 우두 항아리 모양의 아프리카 민속 타악기도 작업실에 둔 채로 몇 번 쓰지도 못했다. 그런 주제에 지금도 신기한 악기를 보면 눈이 똥그래지며 묻는다. 그건 어디가면 구할 수 있어요?

다행히, 아직까지는 내 주제를 잘 파악하고 있다. 작년에 고가의 좋은 기타를 한 대 선물 받기는 했지만, 아직은 내 실력을 뛰어넘는 과분한 악기에 욕심내지 않으려 조심하고 있다. 실력도 갖추지 않은 연주자의 손에 떨어질 좋은 악기들의 신세가 불쌍하니까. 하지만 소소하고 재미있는 악기들을 하나씩 사 모으는 건 정말로 즐겁다. 가끔은 그런 악기들을 작업실에 가지고 가기도 한다. 이거 어때? 예쁘지? 써먹을 수 있을까?

며칠 전에는 여행간 친구의 고양이에게 밥을 챙겨주기 위해 잠깐 들렀다가 빈 집에 눌러 앉아 한참을 놀았다. 좋아하는 만화인 '우스타 쿄스케'의 『삘릴리 불어봐 재규어』를 읽던 중, 옆에 싸구려 아이리쉬 휘슬이 뚜르르 굴러간다. 얜 언제 이런 걸 또 사다놨대, 하면서 한번 불어본다. 엇, 이거 꽤나 느낌이 좋은데. 나도 한번 장만해볼까?

　매번 이런 식이다. 그렇다는 걸 알면서 또 자꾸만 신나지는 건 어쩔 수 없다. 과연 이번에는 이 충동을 이겨낼 수 있을까, 아니면 결국 악기점으로 달려가는 걸로 끝이 날까?

p.s.

　본문을 찬찬히 읽어보면 등장하는 기타는 총 네 대인데, 왜 처음에 세 대라고 했는지 궁금한 이도 있을 것이다. 네 대의 기타 중 한 대는, 지금 기타를 치고 싶어서 밤에 꿈까지 꾼다는 어린 영혼에게 가 있다.

내 인생에 비지엠 따위는 없기를

Mojave 3, 〈Love songs on the radio〉

오랜만에 이런 느긋한 마음으로 음악을 듣는다. 오랜만에, 아름다운 선율이 피부 아래로 직접 스며든다. 종이가 물에 풀어지듯, 얇게 풀려 녹아드는 정신이 마냥 행복하게만 느껴지는, 오랜만에 만나는 멋진 새벽이다.

요즘은 너무 자주 음악의 소중함을 잊고 산다. 이게 무슨 말인가, 날이면 날마다 음악에 둘러싸여 살면서 음악을 잊는다니? 슬프지만 사실이다. 많은 선배들이 이런 이야기를 들려줄 때만 해도, 난 그들이 거짓말을 하고 있거나 멋있는 척을 하는 거라고 믿었다. 음악을 업으로 삼다 보면 순수한 감상의 기쁨을 잃는다나?

나도 모르게, 나 역시 그러고 있었던 것 같다. 운전을 하면서도 씨디를 틀기보다는 라디오 만담을 듣고 있고, 긴긴 방송 대기시간 동안 아이팟을 꺼내기보다는 차라리 한숨 자고 만다. 새로운 음반을 추천받으면, 듣고 감동하기도 전에 일단 관련자료를 읽고, 내가 이 음반의 어느 부분에서 감동을 받아야 하는지를 살피고, 나의 음반 목록을 늘리는 데 먼저 신경을 쓴다. 음악에 대해서 가장 경멸했던 속물적인 행태를 다른 누구도 아닌 바로 내가 하고 있다. 그러면서 스스로는 성장했다고 생각한다.

하긴, 그나마 지금은 좀 나은 편이다. 데뷔하자마자 한동안은, 난 우리 음악은 물론이고 그 어떤 음악도 들을 수 없는 지경이었다. 아무리 좋아했던 음악이라도, 힘들 때 몇 번이고 나를 구원해줬던 음악이라도 그때는 모두 무섭고 진저리나는 스트레스이기만 했다. 아무 소리도 없는 세계에서 그냥 잠이나 자고 싶다는 생각뿐이었다. 원래도 쉽게 우울해지는 성격이긴 하지만, 짧은 시간 내에 너무 많은 정보가 쏟아져들며 듣도 보도 못한 세계에 뒤늦게 던져져서 사람들 사이에 부대끼고 그들에게 어울리도록 적응해가는 것은 그만큼 내게 벅찬 일이었던 것이다. 무대 위에서 노래를 부르면서도, 이대로 그냥 녹아 없어졌으면, 생각한 적이 한두 번이 아니었다.

하지만 이런 식으로 잃어가기엔 음악은 너무 멋지다. 이건 고급스러운 음악, 이건 너무 인디냄새 나, 이런 식으로 함부로 분류하기엔 그 안에 소록소록 새겨진 뮤지션들의 숨결이 너무도 사랑스럽다. 잃고 싶지 않다. 가습기를 풀가동시켜서라도 이 촉촉하고 나른한 느낌을 잡아두고 싶다.

나는 수잔 베가의 음악을 들으면서 머리 위 30센티미터쯤을 유영하는 감

나는 '수잔 베가'의 음악을 들으면서 머리 위 30센티미터쯤을 유영하는 감각을 느낀 적이 있다.
'이상은'의 노래를 들으면서 집에도 들어가지 못하고 차마 계단에 주저앉아 울음을 터뜨린 적이 있다.
'커니 웬'의 얼후 소리를 들으며 소름이 돋았던 적이 있다.

각을 느낀 적이 있다. 이상은의 노래를 들으면서 차마 집에도 들어가지 못하고 계단에 주저앉아 울음을 터뜨린 적이 있다. 케니 웬의 얼후 소리를 들으며 소름이 돋았던 적이 있다. 그 순수한 감상의 재능은 다른 누구도 아닌 바로 내 안에 있던 것이다. 그것들이 아직도 그 자리에 다치지 않은 채 존재하고 있다고 믿고 싶다.

어느 한산한 섬에라도 가야겠다. 강원도 공기 좋은 산에라도 다녀와야겠다. 머리를 좀 비워야겠다. 이 아름다운 세계를 놓치고 싶지 않다. 말랑말랑해진 마음으로, 다시 가슴 벅차게 아름다운 새벽을 음악을 들으면서 맞이해야지. 그래서 언제까지나, 내 인생에 비지엠BGM 따위는 없기를, 언제나 그들이 주인공이 되어주기를. 너무 쉽게 소중한 것들을 잊어버릴 때마다, 다시 나를 구원해주기를.

낡은 서울대 유머 중 이런 것이 있었다.

— 서울대 어떻게 들어갔어요?
— 걸어서 들어갔지요.

'어떻게'라고 해봐야 한두 마디로 얘기될 수 있는 것들도 아니고, 그렇다고 뾰족하게 해줄 말도 없으니 우스개로 슬쩍 눙치고 넘어가는 것이다. 그런데 요즘은 나도 비슷한 질문을 자주 받곤 한다. 물론, 나는 주저 없이 선대 현자들의 길을 따라 이렇게 대답한다.

— 파티에 갈 때는 어떻게 해야 좋은가요?
— 혼잡이 예상되오니 가까운 대중교통을 이용하세요.

'클래지콰이' 활동을 하면서 대답하기 가장 어려운 질문 중 하나가 바로

'파티를 제대로 즐기려면 어떻게 해야 하느냐' 다. 진짜로 이 질문에 속 시원하게 대답해줄 사람을 찾아 수행이라도 떠나고 싶은 심정이다. 무대 위에서는 제법 능숙한 척, 얼굴마담 호란을 연출하고 있지만 당장 나부터도 남의 공연에 던져놓으면 뻘줌하게 분위기를 살피는 축인 것이다. 이왕 멍석 깔아놓은 마당에야 어차피 물러날 구석도 없으니 열심히 치고 나가는 것뿐, 남의 공연에 가서는 나도 그 많은 파티피플들의 현란한 자태가 부럽고 신기하기만 하다.

가끔 돌이켜 생각하면 억울할 때도 있다. 훌륭한 쉐프라고 해서 반드시 그가 테이블 매너를 가르칠 필요까지는 없는 것 아닌가? 나는 공연을 보여주는 사람이지, 공연을 보도록 훈련된 사람은 아니다. 하지만 이건 그저 힘없는 마음속 항변일 뿐, 사실은 나도 알고 있다. 그들의 질문은 정당하고 그에 제대로 대답하지 못하는 내가 문제라는 것을.

편한 복장으로 오세요. 편한 마음으로 오세요. 자신이 주인공이 되세요. 남의 눈은 신경 쓰지 말구요. 분위기에 취하기 어렵다면 약간은 술의 힘을 빌려도 좋겠죠. 그나마 성실하겠답시고 대답하는 게 그저 이 정도다. 포털 사이트 블로그에나 등장할 법한 뻔하고 번드레한 조언들. 하지만 도대체 어쩌란 말인가. 편한 마음을 아무리 먹어봐야 내 팔다리는 느낌이 넘쳐흐르는 하우스 댄서들의 움직임처럼 될 수 없단 걸 내가 이미 경험으로 알고 있는데. 술의 힘을 아무리 빌려봐야, 늘씬한 배꼽티 섹시녀들이 뿜어내는 페로몬을 내게 강요하는 건 상어한테 고래 분수를 뿜으라고 강요하는 것이나 마찬가지임을 이미 몇 번이나 절감했는데.

이렇게 입과 속이 따로 노는 조언을 수십 번쯤 반복하다 보니, 나도 이제는 지치고 짜증이 난다. 파티, 파티, 파티. 파티가 대체 뭐길래? 왜 유독 그놈의 파티를 위해서는 너도나도 스타일을 작살내기 위해 이렇게나 스트레스를 받아야 한단 말인가?

다시 한 번 차분히 생각해본다. 파티란 것, 과연 그건 실체가 있는 것일까? 홍대 클럽가가 갑자기 급상승하기 시작하던 시점에 한참 유행하던 부비부비 춤, 부비부비 파티. 그건 과연 실체가 있는 것이었나? 클럽에서는 무조건 배꼽을 드러내고 이성에게 거리낌 없이 몸을 들이대야 쿨하다는 건, 애시당초 누가 잡은 컨셉이었나? 적어도, 우리 자신은 아니었다.

파티피플이란 것, 파티라는 것도 마찬가지다. 파티에서는 이래야 한다, 저래야 한다, 파티란 건 이런 분위기의 공간과 퍼포먼스를 의미한다, 라는 막연한 환상 같은 것은 존재하지만, 사실 그 어떤 파티를 가봐도 그렇게 그림으로 그린 듯한 파티 풍경은 존재하지 않는다.

눈을 크게 뜨고 찾아보라. 마음 한구석에서 은연중 기대하고 있던 섹시녀와 쿨가이가 과연 그중에 몇 명이나 되는지. 정말로 그 번쩍이는 사람들 사이에 당신만 덩그러니 동떨어져 있는지. 그럴 리 없다. 그런 풍경은 조르디 라반다의 일러스트 속에나 등장하지, 우리가 입장권을 사서 가는 파티에선 절대로 연출되지 않는다. 글쎄, 슈퍼모델들의 백스테이지 파티 정도면 좀 다를까? 하지만 나도 그런 곳엔 가본 적이 없어서 확실히는 모르겠다.

다른 사람들 속에 자연스럽게 섞이기 위해 '마음 편한 척' 하는 건 너무 피곤한 일이다. 다 관둬버리자. 파티를 '잘 즐기는 척'도 필요 없다. 원래 자기 스타일이 좀 얌전하다면 그냥 조용히 무대를 바라보기만 해도 좋다. 스트레스가 쌓여서 좀 풀러 왔다면 더 격렬하게 움직이고 더 크게 소리 질러도 좋다. 그놈의 지긋지긋한 파티 에티켓 따위는 잊어버리자. 그런 건 애시당초 존재하지도 않았으니. 놀자고 온 거지, 비싼 돈 주고 남들한테 품평받으러 온 게 아니란 말이다.

남의 발을 밟지만 말자. 남의 가방을 훔치지만 말자. 누군가의 뒤통수를 팔꿈치로 가격하지만 말자. 남의 옷차림을 흘끔대지만 말자.

지켰는가? 즐거웠는가?

당신도 이제부터 파티 고수다.

진짜다! 난 그 이상은 필요 없다. 정말로!

p.s.

다른 사람이 어떤지는 모르겠지만…….

안녕하세요, 이바디입니다

이름은 사람도 죽이고 살린다. 수십 년 전 '김수한무거북이와두루미삼천 갑자동방삭치치카포사리사리센타워리워리세브리깡무두셀라구름이허리케 인에담벼락서생원의고양이바둑이는돌돌이'는 물에 빠졌다가 그만 그 긴 이름 때문에 익사해버렸고, 21세기에 태어난 동명의 아이는 괴한에게 유괴되었다가 괴한이 그 긴 이름을 말하느라 경찰에게 발신추적을 당하는 바람에 목숨을 건졌단다.

이런 마당이니, 목숨까지 걸려 있는 이름 한 토막 어떻게 함부로 지을 수 있을까. 게다가 짓는 것이, 홍부네 집 막내딸 이름이 아니고 우리의 얼굴 역할을 하는 동시에 우리에 사활에까지 두고두고 직간접적인 영향을 미칠 밴드의 이름이라면.

밴드 이름을 짓는 데는 여러 가지 조건이 따른다. 일단 의미가 살아야 한다. 팀의 음악적 성향과 조화를 이루어야 하는 동시에 기억하기 쉽게 강렬한 인상을 남긴다면 더 좋겠다. 발음은 매끄러워야 하고 단어가 너무 길거나 표기가 까다로워서는 감점이다. 기존의 팀을 연상시키는 이름이어서는 곤란하고, 이 모든 조건을 충족시킴과 동시에 멤버들 간의 합의가 이루어져야 한다. 물론, 카리스마 있는 리더가 턱하니 팀명을 결정하는 경우도 있을 수 있고, 어느 날 갑자기 뮤즈의 계시를 받은 멤버가 제시한 이름이 모두의 만장일치로 단방에 패스되는 경우도 있을 것이다. 하지만 여기 모인 세 사람에겐 그만큼 운이 따라주질 못했으니, 바로 아까 한글 가사 쓰느라 웍더글대던 그 세 사람이다.

처음엔 다들, 마음만 먹으면 모두를 놀래킬 이름 하나쯤 금방 나올 줄 알았다. 그래서 일단 곡 작업에만 충실하기로 했다. 시간이 지나면서는 슬슬 불안해지기 시작했다. 한 사람씩 아이디어를 내기 시작한다. 뾰족하게 눈에 띄는 게 없으니까, 갑자기 어느 순간부터는 다들 입만 열면 이름 애기부터 한다. 그 와중에 나는 몸이 달아 인터넷에서 순우리말 사전을 찾아보기도 하고, 엉뚱하게 옛날 무기 이름들을 검색해보기도 했다. 신화 속 요정이나 여신들 이름을 찾아보는 건 기본이고, 우주 관련 용어들에, 불어사전까지 뒤지고 있다. 이건 너무 어려워서, 이건 뜻이 모호해서, 이건 너무 유치하잖아! 나중에는 전에 한 번 퇴짜 맞았던 이름을 다시 끄집어내기도 한다. 있잖아, 다시 생각해보니까 이거 괜찮은 것 같애. 그 이름은 다른 팀 이름이랑 너무 비슷해서 안 하기로 했잖아? 아, 됐어, 그냥 우리가 더 유명해지면 되잖아? 그럼 그 팀이 우릴 따라한 것 같을 거야. 그냥 어떻게 넘어갈 수 없을까? 그렇게 퇴짜 맞은 이름이 열댓 개쯤은 될 것 같다.

이름도 안 풀리고, 오늘 작업은 대충 마쳤고, 에라 모르겠다. 다 같이 홍대로 술이나 한잔하자며 갔다. 단골집에 주저앉아 쿠션을 몇 개씩이나 끼고 담요를 덮고 한껏 푸근한 기분에 젖어 한두 잔씩 기울인다. 문득 생각나는 게 있어 내가 말했다. 근데, 오빠. 여기 이름이 참 괜찮아. '이바디'래. 그게 무슨 뜻인데? 왜, 결혼하는 집 잔치 떡을 이바지 떡이라고 하잖아. 이바디가 우리나라 옛말로 잔치라는 뜻이래, 라고 말을 잇는데 뭔가 느낌이 오기 시작했다. 그래, 우리가 이 이름을 한번 써보면 어떨까? '에브리씽 벗 더 걸'Everything but the girl도 자기 동네 카페 이름을 그대로 따왔다고 하잖아? 발음도 단아하고 의미도 딱이고. 게다가, 옛 우리말이라니. 이렇게 구미가 당길 수가.

그후로 우리는 그 가게를 부지런히 들락거리며 주인들과 친분을 돈독히 다졌다. 정체를 알리고, 우연인 척 데모를 들려주고, 신뢰가 쌓였다 싶을 때를 기다려 말을 꺼냈다. 이름을 쓰도록 허락해주세요!

고맙게도, 홍대 이바디의 멋쟁이 세 주인장들은 이름을 나눠 쓰는 데 기분 좋게 찬성해주었다. '이거 뭐 그냥 단언데, 뭐. 써!' 몇 번이나 괜찮겠냐며 되묻는 나에게 그들은 계속해서 시원한 목소리로 대답한다. 심지어는 표구해서 작업실에 걸라며, 자신들의 가게에 걸려고 써두었던 서예작품 가운데 하나를 주시기까지! 당연히, 우리의 첫 앨범은 그들 몫으로 가장 먼저 예약되었다. 씨디뿐이겠는가, 앨범이 나오면 이바지 떡이라도 보내드려야 마땅하겠지.

사실 '이바디'로 우리가 마음을 결정한 이후에도, 몇몇 사람들은 익숙하지 않다거나 의미를 모르겠다는 이유로 다른 이름을 한번 생각해보라고 권하기도 했다. 하지만 이 이름을 접한 뒤 며칠 만에 우리는 나름대로 로고까지 만들어버렸다. 의미도 의미고 어감도 어감이지만, 나름 개발한 로고의 대칭성까지 발견해버린 우리는 이제 돌아가긴 너무 늦었다는 느낌이 든다. 어쨌든, 이런저런 말에 귀가 혹했다면 난 지금 '호란'이라는 이름도 지키지 못하고 있었을 거다. 그러니까, 조금만 기다리면 곧 이런 인사를 들을지도 모른다는 말씀.

"안녕하세요, 이바디입니다."

밴드 이름 하면 사실 내가 아껴둔 획기적인 이름이 두 개 있다. 하나는 한때 내가 써볼까 했던 이름이다. 이름하여 'L.I. Band.' 우울증 치료제인 리튬의 원소기호 'Li'를 차용하였다. 이 세상의 우울을 한 번에 날려버릴 음악을 들려주겠다는 야심찬 포부를 가진 꽃소년 밴드가 사용해줬으면 한다. 그러면 TV에서 어여쁜 여성 엠씨는 그들을 이렇게 소개할 것이다. "네~! 이 달의 최고 신인입니다! 에라이 밴드~~~!!!!!"

걸 펑크밴드를 위한 이름도 있다. 붉은 여의주같이 아름답고 도도하지만 누구에게도 구속되지 않는 그녀들 네 명이 세상을 향해 그들만의 아우라를 내뿜는다. 붉은 여의주, '홍마니 밴드.' 그녀들은 각자 빨간 눈동자, 빨간 손톱, 빨간 입술, 빨간 머리카락을 포인트로 갖고 있다. 그리고 거침없고 폭발적인 그녀들의 뮤직비디오에는 최홍만 선수가 등장한다.

결혼도 공연처럼

2007년 여름, 나고야 공연이 끝나고 뒤풀이 삼아 찾아간 선술집에서 주인공은 '클래지콰이'가 아니라 단연 우리의 공연지휘자, 신 감독님이었다. 늘씬하고 아름다운 여자친구를 드디어 와이프로 포섭하는 데 성공한 감독님은 당장 결혼이 두 달도 안 남았다는 현실감각은 내던져둔 채, 그동안 구상해둔 기상천외한 웨딩 퍼포먼스들을 줄줄이 우리에게 자랑했다. 야, 어때. 뚝섬공원 말이야, 돌출무대 같은 걸 꾸밀 수 있거든. 그 위에서 360도 결혼 파티를 하는 거야. 그럼 니들은 밑에서 춤춰. 축가는 힙합 팀이랑 모던록 밴드랑 아예 공연으로 꾸미고, 결혼식이 끝나면 피로연 이딴 거 하지 말고 애프터 파티가 열리는 거지. 너희들은 거기서 올나이트로 놀고, 우린 같이 좀 있다가 신혼여행 가고. 어때, 죽일 것 같지 않냐?

죽이기는. 그전에 양가 부모님들 수명이 줄고 말 거다. 곧 인륜지대사를 치를 사람이, 자신의 결혼을 소재로 화려한 직업병의 나래를 맘껏 펼치고 있다니, 이 무슨 흔치 않은 광경인가. 게다가 감독님이라면 그런 결혼 파티를 여는 게 배짱 면에서든 현실 면에서든 불가능하지만은 않을 거란 생각이 자꾸만 고개를 쳐드니, 이 어찌 불안하지 아니한가.

결혼식이 보름 앞으로 다가왔을 때, 들뜬 새신랑의 모습보다는 여느 때와 같이 사무실에서 우렁우렁한 목소리로 아이디어 회의를 하고 있는 감독님의 모습을 보면서, 나는 점점 남의 일에 괜히 초조해지기 시작했다. 결혼식 퍼포먼스는 차치하고라도, 결혼식을 전후로 진행하고 있는 공연이 무려 네 개나 된다는 것이다. 공연 스케줄을 피해서 잡느라고 결혼식 날짜도 자꾸만 확정이 늦어진다. 나보다야 본인이 어련히 잘 알아서 챙기려니 생각하려고 해도, 이렇게 스릴이 넘쳐서야 보는 사람이 더 힘들다. 어째 저러다 스케줄이 안 맞으면 어느 날 갑자기 결혼식을 확 취소해버릴 것만 같다. 그도 그럴 것이 며칠 건너 한 번씩 보는 내가, 아직 청첩장을 구경하지도 못했으니까. 가끔 농담인 척 감독님께 '그러다 감독님 진짜 장가 못 가시는 거 아니에요?' 라고 던져봐도 감독님은 그저 '그러니까～～～' 하는 의뭉스러운 한마디로 나의 불안을 증폭시키기만 했다.

다행히, 하루 전까지 무대세팅과 리허설에 매달려 있던 신랑은 결혼 당일 말쑥한 모습으로 무사히 예식장에 나타나주었다. 많기도 한 친구와 동료들이 두 사람을 축하해주러 모였다. 재즈 보컬리스트 웅산, 트럼펫 연주자 이주한 씨가 멋진 축하공연을 선물했고, DJ 클래지와 나도 한 곡을 불렀다. 감독님의 꿈이 실현되지 못한 것은 아쉽지만, 기쁘게도 예식장은 우아하면서 상식적이었다. 아, 아름답다. 그래도 결국은 이렇게 예쁘게 마무리되는구나 생각하고 있는데, 누군가 나에게 귀띔해온다.

오늘 결혼식은 공연들 사이에 잠깐 끼인 거야. 어제 리허설 마친 그거, 본 공연이 내일이래. 식 끝나면 바로 다시 공연 준비하러 가실걸? 그거 다 맞추시느라 감독님도 요 몇 달 정신 하나도 없었을 거야.

그래, 그러니까 결국 이런 거다. 이렇게까지 해주는 사람들이 있으니 내 추세에 이제껏 무대에 설 수 있었던 거다. 화려한 조명이나, 단단하고 높은 무대의 단 한 층 한 층, 높이 쌓아올린 스피커나 음악에 춤을 추는 영상이나, 그 어느 하나도 저절로 되는 게 없는 거다. 일일이 사람의 손으로, 하나하나 누군가가 시간과 열정을 들였기 때문에 완성되는 게 무대라는 거다. 모두가 힘을 합쳐 만든 생크림케이크 위에 마지막으로 딸기를 얹는, 제일 화려하고 재미있는 역할을 과분하게도 내가 맡았을 뿐.

그동안 공연 뒤풀이가 그렇게 시원하고 맛있던 이유도 그래서였을 것이다. 무대 위에선 많아 봐야 일고여덟 명쯤이 손잡고 무대 인사를 할 뿐이지만, 뒤풀이에 오면 이 하루를 만들기 위해 뛰었던 모든 동료들이 수십 명씩 어울려 함께 웃고 오늘을 축하한다. 그동안 들였던 공을 함께 즐거워하고,

그렇게 공을 들인 얼굴을 함께 사랑하고.

어쨌든, 좀 빡빡한가 싶긴 했지만, 감독님의 결혼식은 그렇게 나에게 나름 감동을 남기고 끝났다. 다음날 공연을 마무리하고 나서도 감독님은 2주 동안이나 신혼여행을 못 가셨다고 하는데, 추석 연휴가 돼서야 간신히 떠난 여행도 그다지 순탄치는 않았던 듯싶다. 미국으로 가기로 한 걸 타협해서 하이난으로 향했다가 때 아닌 태풍으로 광저우에서 하루 동안 발이 묶었단 다. 참 여러 모로 다사다난한 웨딩을 겪으셨으니, 올해는 부디 이쁜 아들과 함께 느긋한 여행 한 번쯤 다녀오시기를. 하지만 물론 그 전에, 그동안 우리 공연 기획할 사람은 부디 확보해주시기를.

호란의 주크박스

2007년 여름, 나는 염치없게도 영화배우 박중훈씨와 함께 제천국제음악영화제의 사회를 맡았다. 그때 개막작인 〈원스〉Once를 보게 되었다. 음악의, 음악에 의한, 음악을 위한 영화였다고 해도 과언이 아닐 것이다. 두 사람의 차분하고 진솔한 사랑만큼이나 아름다웠던 노래들로 꽉 차 있는 OST는 지금도 들을 때마다 그때 보았던 감동을 다시금 인출해준다.

여주인공 마르케타 이글로바는 연인 앞에서 피아노를 치며 이 노래를 부르다 흐르는 눈물 때문에 중간에 멈추고 만다. 그때 둘 사이에 흐르던 고요한 사랑의 공기가 인상 깊다.

베스 기븐스Beth Gibbons, 〈Mysteries〉

트립합의 대표주자인 포티쉐드Portished의 보컬 베스 기븐스가 러스틴 맨Rustin Man과 함께 작업한 앨범의 수록곡이다. 포티쉐드에서 보여줬던 음울하고 스산한 분위기는 여전히 앨범 전체에 걸쳐 낮게 깔려 있다. 하지만 무거운 일렉트로닉 사운드로 무장하고 있었던 포티쉐드 시절과는 달리, 가녀린 기타 소리와 사람의 목소리가 겹겹이 쌓여 만들어낸 코러스에 둘러싸인 베스 기븐스는 좀더 서정적이고 고백적이다. 한때, 일부러라도 한강에 가서 밤하늘을 올려다보며 듣던 음악이다.

세상은 아직도 성적 소수자들에게 가혹하다. 아무리 담론의 장이 넓어지고 양지에서 활동하며 권리를 주장하는 사람들이 많아졌다고 해도, 대체적인 사회의 분위기는 잘해봐야 개그의 소재로 써먹거나 대부분 뒤에서 온갖 더러운 소문들을 확대 재생산해댈 뿐이다.

안토니 앤 더 존슨스는 자신의 성적인 핸디캡을 전면에 내세운 채 음악을 한다. 그는 자신의 곡들 대부분에서 '남성의 몸에 갇힌' 그의 여성성이 얼마나 아프게 살아가고 있는지를 시종 떨리는 목소리로 이야기한다. 아름답고 아름답고 아름다운 그는, 그리고 그들은, 누가 뭐래도 분명 행복해질 권리가 있다.

나의 주요 레퍼토리 중 하나다. 선율이 무척 아름답다. 혼자 산책을 할 때나, 강원도 산자락에 있는 펜션에서 아침을 맞았을 때 가장 먼저 입에서 흘러나오는 곡이다. 머리끝까지 정화되는 기분으로 부를 수 있다.

💚 제프 버클리|Jeff Buckley, 〈Hallelujah〉

요절한 천재 뮤지션이니, 섬세한 목소리라느니, 원작을 뛰어넘는 리메이크라느니 하는 뻔한 표현들을 제프 버클리에게 쓸 수는 없다. 그리고 나의 빈약한 문장은 그의 음악을 표현하기에 한참 역부족이다. 이럴 땐 정말이지 음악 평론가들이 존경스러워진다. 나는 차마 이 노래에 어떤 주석도 달 수가 없다. 한때는 몇 시간씩 이 한 곡만을 반복 재생시키며 감정을 가누지 못한 적도 있었다. 그렇게까지 나를 고양시키는 노래는 그다지 많지 않다.

💚 장필순, 〈빨간 자전거 타는 우체부〉

장필순의 목소리는 언제나 나의 로망이다. 그 목소리를 따라하려고 난 얼마나 숱하게 목소리를 혹사시켰던지. 하지만 아직도 멀고 높기만 하다.

2

호란, 행간을 걷다

밑줄 긋는 책

앤 패디먼, 『서재 결혼시키기』

취향 차이겠지만, 나는 책 위에 시간이 지나 자연적으로 바랜 종이의 따뜻한 질감 외의 어떤 흔적도 남기고 싶어하지 않는 타입이다. 앤 패디먼의 표현에 따르면, 정신적 연애를 즐기는 타입이랄까.(하지만 양장본의 겉표지나 띠지 같은 것에는 크게 연연하지 않는다. 양장본 대부분이 사실 겉표지를 벗긴 디자인이 훨씬 멋지기도 하고, 일단 읽을 때 불편하다.) 때문에 어렸을 때, 가족과 싸우는 일도 잦았다. 엄마는 읽던 페이지를 접어놓는 버릇이 있었고, 아빠는 그 멋진 푸른 만년필로 거침없이 밑줄을 긋고 메모를 하곤 했으며, 더 나이 지긋하신 어른들은 전화번호 메모 따위를 남겨놓곤 했다(플러스펜 애용). 재밌어 보인다고 해서 자랑스럽게 빌려줬더니, 열 페이지 건너마다 귀퉁이가 삼각형으로 접힌 자국이 낭자해서 돌아왔을 때 그 가슴 아픔이란!

하지만 그런 부분이야 이해의 여지가 없지 않다. 단지 귀퉁이의 접힌 흐릿한 선의 문제라면, 저린 가슴을 부여잡고 애써 잊으려 노력할 수도 있다.

그건 그냥 습관이라든지 스타일의 문제니까.

하지만 나는 책에 밑줄을 긋고 메모를 하는 행동은 이해하지 못한다. 그러므로 '내' 책에 그런 테러를 감행하는 사람은 나와 긴 냉전을 치를 준비를 해야 한다. 나 역시, 책을 되풀이해 읽는 것을 좋아한다. 메모를 남기는 것도 되풀이해 읽을 것을 전제한 독서습관일 것이다. 내가 이해할 수 없는 부분은 이 부분이다. 책을 읽는 것은 언제나 독자와 작가와의 개인적인 만남, 내지는 독자와 그의 상상력으로 빚어진 그의 또 다른 자아와의 아주 비밀스럽고 개인적인 만남이라고 생각한다. 그것이 내가 책 읽는 것을 좋아하는 이유다. 새롭고 무한하고 가장 비밀스러운 공간 속으로 언제든 들어갈 수 있으니. (바로 이 이유 때문에, 뭔가 대꾸하고 싶은 마음이 부글부글 생겼음에도 불구하고,『책 읽는 여자는 위험하다』란 책을 읽었을 때, 책의 논조에 대항하여 아무 잔소리도 할 수가 없었다.)

영화를 좋아하는 사람은 좋은 영화는 볼 때마다 감상이 다르다고 한다. 책을 좋아하는 나는 읽을 때마다 감상이 새롭다. 같은 이야기 속에서도, 이전엔 발견하지 못했던 문장을 새롭게 발견하기도 하고, 몰랐던 사실을 갑자기 깨닫기도 하며, 알고 있는 익숙한 문장을 전혀 다르게 해석하기도 한다.

여기에 연필이든 색연필이든 만년필이든 극악무도하게도 형광펜이든, 밑줄이 가 있는 문장이 있다면 어떻겠는가? 나에게 그 책은 이미 죽은 책이고 버려도 아깝지 않은 책이다. 활자가 빼곡히 들어차 있는 책장에 밑줄이 그어져 있으면, 책장을 넘기는 순간 이미 그 밑줄을 끊임없이 의식하게 된다. 그럼 이미 새로운 것을 발견할 여지는 없어지고, 그 페이지의 독서는 '밑줄 그은 문장까지 가기 위한 독서'와 '밑줄 그은 문장에서 멀어지는 독서'만이 남게 된다. 상상력을 제한한다. 시야를 좁게 한다. 자유로움이 없어진다. 메모를 싫어하는 것도 같은 이유에서다. 나에게 있어 책을 읽으며 떠오르는 작가와의 맞장구나 말싸움을 여백에 메모하는 것은, 자기 자신에 대한 쓸데없는 입심 과시요, 얄팍한 논쟁 취미다.

단 한 번, 그런 식으로 메모를 해가며 작가와 싸워댄 책이 있다. 처음엔 조용히 읽다가, 나중엔 흥분해서 소심하게도 흐린 연필을 들고 난잡하게 써댔다. 데즈먼드 모리스의 『털없는 원숭이』였는데, 그 이후로 제대로 다시 읽은 적이 한 번도 없다. 책 내용이 마음에 안 들었기 때문이기도 하지만, 그곳에 생생하게 살아 날뛰는 유치한 나 자신의 흔적이 보기 싫었기 때문이기도 하다. 시끄럽게 소리 질러대는 지금보다 어린 나 자신만 아니었다면, 다시 한 번 읽어보면서 그때의 불쾌한 감상과 지금의 감상은 어떻게 다른지 살필 수도 있었을 것이다.

그 내용을 뻔히 알고 있는 책일지라도, 나의 책 읽기는 언제나 새롭기를 원한다. 적어도 책 읽는 중에 형성되는 고요한 결계結界를 어지럽히는 쓸데없는 참견쟁이들은 없기를 원한다. 이 참견쟁이는 소음도 아니고, 독서 중에 자꾸만 쓸데없는 말이나 시키는 심심한 옆 사람도 아니다. 완벽하고 짜임새 있는 활자의 세계에 마음대로 난입해서 훈수를 두어대는 글자로 된 잔소리꾼들이다. 그러니까 귀여운 내 책들은 언제나 처음인 양 순결한 모습으로 나를 맞이해야 한다는 얘기다.

p.s.

이 글은 〈맨즈헬스〉의 북칼럼을 연재하는 계기가 된 글이다. 2005년 말, 우연히 내 미니홈피에 들렀다가 이 글을 보신 한 기자님이 나에게 연재를 제안한 것이다. EBS의 〈책 읽어주는 여자, 밑줄 긋는 남자〉를 막 진행하기 시작할 무렵이었는데, 그때 최초로 받았던 책이 앤 패디먼의 『서재 결혼시키기』였다. 사실, 개인적으로는 이 글보다 먼저 홈피에 올렸던 책 제목에 대한 글에 더 마음이 갔었는데 왠지 사람들은 이 글에 반응했다. 마치 세상에 책 읽는 사람들은 전부 밑줄 긋는 부류와 긋지 않는 부류로 나뉘기라도 하는 것처럼. 그러면서 욕도 많이 먹었다. '나는 밑줄 긋는 거 좋아한다. 왜 넌 밑줄 긋는 취향을 존중하지 않느냐' 면서.

　글 앞부분에 밝혔듯, 그건 그냥 취향 차이라는 걸 알고 있다. 밑줄 긋기를 좋아하는 사람들이 세상에 많다는 것 또한 알고 있다. 그리고 지금도 난 내 책들이 깨끗하길 바란다. 그냥 서로가 책을 공유하지만 않으면 그만이니, 아무쪼록 이 부족한 글에 불쾌한 사람이 없기만을 바랄 뿐이다.

펑 하고 산산조각 난 상식들

책 읽는 사람이 지적으로 보인다고? 읽고 있는 책이 그저 요즘 한창 유행하는 라이프스타일 지침서 따위일지라도, 대부분의 경우 'Yes'라고 대답할 것이다. 그렇다면 만화는 어떤가? 수많은 주옥같은 작품들이 존재하는 지금도, 아쉽지만 우아한 선글라스를 끼고 잘빠진 검정 원피스를 입은 채 테이크아웃 커피를 들고서 된장녀 취급이라도 받자 하면 만화책을 펼쳐 들어서는 안 된다.

어린 시절, 그림 없는 텍스트를 견뎌내지 못했던 내 동생은 몰래 만화책을 빌려다 침대 맡에 숨겨놓고 보다가 늘 나의 핀잔과 부모님의 잔소리를 들어야 했다. 책을 읽어라, 책을 읽어라, 만화책만 읽으면 바보 된다. 지금 생각하면 미안한 일이다. 책을 읽으라니, 만화책은 책이 아닌가? '책'이란 대체 얼마나 빛나고 성스러운 존재이기에 미천한 만화책은 감히 한 카테고리에 넣을 수조차 없다는 말인가? 지금 와서 누군가 나에게 이런 '무식한' 이야기를 늘어놓는다면 몇 가지 멋진 만화 작품들을 내밀 수 있겠지만, 그것만으로는 한때 나 역시 사로잡혔던 편견을 깰 확률이 아마 반도 안 될 것이다.

『펑 하고 산산조각 난 꼬마들』『불가사의한 자전거』등의 작가 에드워드 고리를 만나서, 그러한 편견이 또 한 겹 나에게 존재하고 있었음을 발견할 수 있었다. 팀 버튼의『굴 소년의 우울한 죽음』을 접해본 이들이라면 그나마 조금은 수월하게 다가갈 수 있겠지만, 에드워드 고리는 시대적으로도 더 일렀고, 더 환상적이며, 더 불친절하다. 그의 작품 속에서는 인과관계나 스토리의 연속성 따위는 전혀 중요하지 않다. 독자는 그저 그림과 문장 속에 내던져질 뿐, 어떤 상황 자체가 존재하는지도 확실히 알 수 없다. 아무 곳이나 펼치고 한 페이지만 읽는다고 해도 그의 기괴한 세계는 충분히 전해지며, 그 세계만으로도 독자는 혼란에 빠지기 십상이다. 시작과 끝을 기대하는 독자들은 허무감에 빠져, '대체 이게 무슨 무의미한 노릇인가' 어리둥절한 나머지 결국은 화가 날지도 모른다. 겨우 열 몇 개의 문장, 열 몇 점의 그림으로 책 한 권을 만들고서도, 책값은 여느 책들보다 더 싸지도 않으니까. 분명 십몇 년 전쯤 과거의 내게 이 책을 들이밀었다간, 경멸에 찬 시선과 함께 마음껏 무안을 당했으리라. 하지만 만의 하나, 내가 그런 반응을 보이지 않았다면, 나는 지금쯤 훨씬 더 감각적이고 창조적인 어른이 되어 있을 것이다.

그림책이라 하기엔 너무 감각적이고 만화라 하기엔 너무 클래식한 그의 글과 그림은 보는 이를 어리둥절하게 하면서도 결국 다시 책을 집어 들게 만든다. 독자들은 길어야 10분 정도면 한 권을 읽어 던지겠지만, 운전하는 도중 책 생각에 빠진 자기 자신을 발견해야 할 것이다. 그의 작품은 도무지 가닥을 잡을 수 없기 때문에 그만큼 무한한 해석의 여지를 남긴다. 그리고 그에 익숙해져 갈수록, 해석의 필요성조차 느끼지 않게 된다. 이 짧은 독서가 낳는 자유로움의 크기란!

평양냉면을 좋아하는가? 평양냉면을 좋아하는 이들은 하나같이 말한다. 평양냉면에 첫눈에 반할 수는 없다고. 누군가의 손에 이끌려 한입 맛보고 나면 언젠가 괜스레 생각이 나서 다시 평양냉면집을 찾게 된다. 그것이 평양냉면 마니아들의 정석적인 수순이라고. 에드워드 고리는 독서가들을 위한 평양냉면이다.

p.s.
솔직히, 『굴 소년의 우울한 죽음』을 처음 접했을 때 난 이 책을 어떻게 해야 할지 몰랐다. 좋아하는 사람이 권한 책이다 보니 일단 나도 좋아하기는 해야 할 것 같은데, 이걸 대체 어떻게 읽어야 내가 이해한 듯이 보일까 하는 생각에 그냥 허둥허둥…….

하지만 별것 없었다. 일단 책 사이즈가 손에 착 감겨서 좋았고, 동화적인 듯 우울한 듯한 까만 표지도 좋았다. 술에 취해 함부로 그려댄 것 같은 캐릭터들은 보면 볼수록 정이 갔고, 이야기들은 그냥 술술 읽다 보면 뒤통수에 낚싯바늘처럼 걸리는 것들이 하나씩 남았다. 그렇게 결국 나는 책 속의 모든 에피소드들을 진심으로 좋아하게 됐는데, 그때는 이미 그 사람과는 헤어져 있었다. (참고로, 나는 '유독 소년' Toxic boy 편이다).

대단히 심오할 것도, 대단히 이해해야 할 것도 없다. 그냥 단 한 가지라도 마음에 드는 구석이 있다면 일단 근처에 두는 것이다. 그러다 보면 뒤통수에 어떤 낚싯바늘이 걸릴지 모른다. 맘에 들지 않는다면, 어떤 거창한 서평도 그냥 헛소리려니 넘기고 던져버리면 된다. 와인이 모나리자나 타클라마칸 사막, 고결한 숲속의 태초의 여인과 아무 관계없는 그저 맛있는 술인 것과 같은 이치다.

마지막으로 냉면에 관해 한마디만 더. 마니아들이 손에 꼽는 평양냉면집은 정해져 있다. 그중에 나는 대흥동 파다.

어릴 적 친구를 다시 만나듯,
오래전 좋아한 노래를 우연히 만나듯

마르셀 에메, 『파리의 포도주』

내 인생의 첫 '괴도'는 루팡이 아니다. 초등학생 시절 처음 만나 너무도 유쾌하고 아름답게 지금까지 남아 있는 괴도는 '가루가루'한 사람뿐이다. 몇 번이고 되풀이해 읽으면서 나중에는 내 스스로의 경험이 아닌가 착각할 정도로 생생하게, 주인공이 벽 속에서 굳어가는 그 걸쭉한 고통을 각인시키며 나는 마르셀 에메가 창조해낸 인간적인 괴도 '가루가루'를 사랑했다.

어릴 시절을 지배하던 작가들은 자라고 나서도 각별한 의미를 띠지 않는가. 하물며 그의 작품이 어른이 된 눈에 비췄을 때, 어린 시절 자신의 안목을 칭찬해주고 싶을 정도로 아름다운 경우에는 더더욱 그렇다. 우연히 들른 서점에서, 어릴 적 친구를 다시 만나듯이 나는 그의 작품을 만났다. 사실, 마르셀 에메라는 이름이 아니었다면 마치 와인 가이드북을 연상시키는 그 제목 때문에 그냥 지나쳤을지도 모르는 일이다. 하지만 그의 펜을 거친 『파리의 포도주』는 그 누구도 실망시키지 않을 것이다. 말쑥한 와인바에서 잘

차려입은 선남선녀의 혀끝을 헤매는 포도주가 아닌, 삶의 한가운데로 나선 더 시뻘겋고 얼큰하며 살아 있는 포도주였던 것. 그래, 그라면 그렇게 흔한 포도주를 따지는 않았을 테니까.

책 띠지에는, '프랑스의 국민작가 마르셀 에메가 전쟁의 비극에 눈물짓는 이들을 위해 쓴 여덟 편의 희비극'이라는 카피가 씌어 있다. 여기서의 전쟁은 2차 세계대전을 말하지만, 시대와 상관없이 독자를 위로하는 것은 쏟아지는 총알세례를 비껴 유유히 걸어가는 듯한 마르셀 에메의 환상적인 발놀림이다. 게다가 전쟁이 직접적으로 등장하기보다, 비현실적인 설정 속에 사람들의 빈곤과 그로 인한 욕망, 욕구를 충족시키려는 시도들이 얽히는 이야기들은 모호한 배경 덕분에 오히려 시대를 초월하는 보편성을 얻고 있다. 결국 인간들은 삶이라는 전쟁 속에서 영원히 궁핍할 수밖에 없는 약한 존재가 아닌가. 그러한 궁핍을 인간 대표로 소리쳐 토해내거나, 냉소적으로 비웃거나, 세련되게 회피하는 작품들도 세상에는 숱하게 존재한다. 하지만 함께 분노하고, 함께 냉소적인 캐릭터가 되고, 세련되고 쿨한 기분에 젖게 하는 작품들보다, 인간에 대한 깊은 애정을 바탕으로 한 긍정의 힘을 가진 작품들이 후대에 걸작으로 남는다고 나는 믿는다. 길 가던 나그네의 두꺼운 외투를 벗어들게 한 것은 강한 북풍이 아니라 따뜻한 햇살이었던 것처럼.

그런데 즐겁게도, 마르셀 에메는 그저 착하고 순진한 해피엔딩만이 인간이 가진 선善이 아니라는 것을 알고 있다. 안이하게 그런 해피엔딩을 강요하는 것은 오히려 사람들로 하여금 '난 그렇게 선한 사람이 아니다'라는 불편한 감정에 빠져들게 할 뿐, 진정한 의미의 긍정이 될 수 없다. 그렇기 때문에 그의 작품에 등장하는 선한 사람들은 전부 어딘가 어리석고 근시안적인 인물들로, 탐욕스럽게 사건들을 일으키는 것이다. 독자 또한 잠시 긴장을 늦춘 사이에 그 얄팍한 캐릭터들에 휘말려 작가에게 뒤통수를 맞을 수도 있다. 하지만 인간의 이런 얄팍한 모습도 인정하고 긍정하며 유쾌하게 웃어넘기는 그의 통찰력이 결국 진정한 위로를 선사하는 것이다. '뭘 그런 걸 갖고 그렇게 마음 쓰나, 이 친구!'라고 허허 웃는 짓궂은 친구처럼.

자, 잔인한 4월이다. 세상만사 마음먹기 나름이라지만, 그래도 고단한 일상이 전쟁처럼 자신을 짓누른다면, 가끔 나를 추스를 피난처도 필요한 법이다. 지나치게 느끼하지도, 콧대 높여 냉랭하지도 않은 마르셀 에메와 함께 잠시 쉬어보는 건 어떨까? 개운한 마음으로 눈을 들었을 때, 4월은 흐드러진 벚꽃의 달이라는 걸 깨달을 수 있도록.

사춘기를 거쳐 시건방진 20대가 되었을 무렵, 나는 냉소적이고 감각적이고 자폐적인 소설들에 빠져들었다. 자신의 인생 하나로 세상의 본질을 파악하려 하는, 또는 자신이 파악한 본질이 세상의 진리인 것처럼 포장하는 멋지고 세련된 허무주의에 한없이 공감했다. 하지만, 역시 세상에 인간은 나 혼자가 아니고 세상에 삶과 사랑은 수도 없이 존재했다. 정말로 멋진 사람은 '나는 상처받았어' 하고 혼자 우물거리는 어른아이가 아니라, 좀더 다양한 사람들을 관찰하고 그들의 삶 속에서 더 넓고 복잡한 진실의 그물을 읽어가는 이가 아닐까, 이제야 나는 어렴풋이 알 수 있을 것 같다.

내가 전해들은 어떤 이는 누가 남을 욕할 때마다 '그 사람에 대해 대체 얼마나 알기에 그런 소리를 할 수 있느냐'고 화를 낸다고 한다. 세상에 알고 보면 나쁜 사람 없다는데, 그 한 사람 한 사람의 정의를 다 이해할 수 있는 건 불가능하다손 치더라도, 가끔 이런 간접경험을 하는 것은 미성숙한 인격으로 조금이나마 인간을 포용할 수 있는 여지를 주지 않을까.

달콤한 퇴행

오쿠다 히데오, 『공중그네』

떠나고 싶다. 도망가고 싶다. 미루고 싶다. 기대고 싶다. 저지르고 싶다. 지키고 싶다. 달리고 싶다. 날고 싶다…….

모든 이들의 마음속에 이런 소망이 숨어 있다. 물 흐르는 계곡을 꿈꾸고, 비현실적으로 파란 바다를 꿈꾼다. 하지만 떠나기가 어디 쉬운 일인가. 짧은 주말 동안 친구들과 휩쓸려 놀다가 다시 현실로 복귀. 그리고 이루지 못한 소망은 가슴에 그대로 차곡차곡 쌓인다. 그저 들춰보지 않은 채 덮여 있을 뿐. 덮개를 들춰줄 좋은 정신과 의사라도 찾아갈 수 있으면 좋겠지만 그 것도 생각뿐, 만만치가 않다.

오쿠다 히데오의 『공중그네』에는 이런 사람들을 위한 기상천외한 정신과 의사, 100킬로그램은 족히 나가는 중년의 이라부 이치로가 있다. 말끔한 종합병원의 지하 1층, 어두침침한 구석에서 세상과 동떨어져 지내는 듯한 의사와 간호사가 환자를 기다리는—때로는 가지 말라고 옷소매를 붙들기도 하면서—정신과가 있다. 환자보다 더 말이 많고 환자의 치료보다 자기 흥미를 끄는 사건들에 더 집중하는, 정신과 상담을 우습게 보는 말도 안 되는 의사다. 어찌나 말이 안 되는지, 우연찮게 그곳을 찾아간 환자들이 불쌍할 정도다. 가뜩이나 살기 힘든 사람들한테 칭얼대기나 하고 무리한 요구나 해대는 주제에, 난폭하게 비타민 주사는 왜 그렇게 놓고 싶어하는지.

신기한 것은, 소설 속 환자들은 반드시 다시 그를 찾아간다는 것이다. 마치 '이 의사라는 작자가 이번엔 또 무슨 말도 안 되는 짓을 저지를지' 궁금하기라도 한 것처럼. 읽는 이들도 마찬가지 심정을 가지고 주인공을 따라 이라부 신경과로 돌아간다. 이라부에게는 말쑥하고 상식적인 의사였다면 갖지 못했을 일탈의 매력이 있기 때문이다. 살아가느라 지치고, 내 위치를 지키느라 지친 사람들은 상식을 벗어난 의사의 언행을 보면서 어떤 해방감을 느끼는지도 모른다. 실제로, 방문하는 다양한 직업군의 환자들이 그 일을 하기까지 쌓아온 노력의 시간들은 싹 무시하고, 뭐든 자기도 해보겠다고 덤벼드는 이라부를 보다 보면, 현실에 매여 오도 가도 못한 채 낑낑거리는 것이 오히려 바보같이 느껴지기도 한다. 매끈한 공중회전을 해내지 못하면 어떤가. 육중한 몸으로 수없이 그물에 떨어지면서도 즐거워하며 말도 안 되는 도전을 계속하는 의사의 모습은, 진지하게 공중그네를 고민하는 토박이 서커스 단원보다 사람들의 눈을 잡아끈다. 나이가 들어가면서, 담

허울좋은 어른이 된대야
사람은 기본적으로 그렇게 강해지진 않는다.

회피하라. 실패해도 괜찮다.
귀찮은 건 하지 말고, 재밌는 것을 하자.

매끈한 공중회전을 성공시키지 못하면 어떤가.

벽락에 낙서를 하는 쪽보다는 그걸 지우며 '버르장머리 없는 꼬맹이들'을 욕하는 쪽이 되어 잊어버렸지만, 사실 남들 모르게 공공기물에 낙서하는 게 얼마나 재미있는지, 이라부는—그러면 안 된다고 모두들 말하는 가운데—몸소 앞장서서 보여준다. 그리고 그의 돌출행동을 보고 있는 가운데, 환자들도 읽는 이도 은연중 깨달아가는 것이다. '내가 원해온 건 저런 것이었을지도 모른다'고.

'동심을 잃지 않아야 한다'는 말은 수도 없이 들어왔다. 초등학생 시절, 그런 이야기를 들으면, 동심이 뭔지는 모르겠지만 어쨌든 내가 그걸 잃어버린 일은 없을 것이라고 생각했다. 지루한 어른이 되는 건 다른 사람들에게나 일어나는 일이고, 나는 계속 이렇게 신나는 어린이로 남아 있을 것이라고.

하지만 동심이라는 건 '어린이의 마음'이므로 어른이 된 이들은 잃어버릴 수밖에 없고, 또 사회적으로 한 사람의 어른으로서 기능하려면 가능한 한 잃어버려야 하기도 하다. 하지만 허울 좋은 어른이 된대야 사람은 기본적으로 그렇게 강해지진 않는다. 담벼락에 하는 낙서나, 초인종 누르고 도망가는 장난이 기껏해야 술이나 쇼핑으로 바뀌었을 뿐. 게다가 어른들의 놀이는 낙서나 초인종 장난보다 부작용도 많고 효율도 낮다. 그래서 이라부의 신경과는 장사가 되는 것이다. 하고 싶으면 해라, 골치 아프면 생각하지 마라, 회피해라, 실패해도 괜찮다, 귀찮은 건 하지 말고, 재밌는 것을 하자. 이렇게 달콤한 퇴행을 이라부가 아니면 누가 권해줄 것인가?

환자들은 이라부의 신경과를 방문하고 나서 의사의 힘이 아닌 자기 스스로의 힘으로 치유받는다. '누가 나한테 지금처럼 살지 않아도 된다고 말해줘!'라고 외치던 마음속 목소리를 깨달은 환자들은 이라부의 비상식적인 일탈을 구경하면서 대신 위로받고 다시 삶으로 복귀할 힘을 되찾는다. 그러니 비록 그 방식이 좀 난폭하기는 해도, 결국 이라부는 훌륭한 의사였는지도 모른다. 원래 정신과 의사의 역할이라는 것이 환자 스스로 자신의 문제점을 발견하고, 스스로의 힘으로 일어설 수 있도록 이끌어주는 것이 아닌가?

p.s.

아무리 그래도 현실에서 이라부 같은 정신과 의사를 소개받는다면 절대 사절이다. 이런 의사를 실제로 만난다면 노이로제 걸려서 완전히 정신이 산산조각 나버릴 것만 같다. 소설은 어디까지나 소설일 뿐, 현실세계에서는 훨씬 더 차분하고 전문적이고 현명한 의사를 만나고 싶다. 내가 한동안 상담받았던 정신과 선생님은, "정신과 의사의 가장 이상적인 모습은 환자 자신의 거울이 되는 것"이라고 이야기한 적이 있다. 이상하게도 그 말이 마음에 깊이 와 닿았다. 실제로, 50분의 상담시간 동안 교수님은 나에게 어떤 해답도 주지 않았다. 떠들고, 폭발하고, 꿈을 이야기하고, 동의를 구하고, 동정을 구걸하고, 울고, 웃고 하는 동안 나는 나 자신에 대해서 차츰 정리해나갈 수 있었던 것이다.

참고로, 지나치게 말이 많은 의사는 별로 도움이 되지 않았다. 상담하면서조차 무언가를 강요받는 느낌이 들었을 뿐이다. 물론, 받아들이는 데에도 개인차가 있다면 할 말은 없다.

Undo, 삶의 끝에서 다시 찾은 삶

아르토 파실린나, 『기발한 자살 여행』

원시적인 문화일수록 죽음은 삶과 가장 가까운 곳에 존재해왔다. 다양한 원시종교나 장례 의식 곳곳에서, 고대인들이 죽은 조상들을 삶 속에서 느끼며 살아왔고, 죽음을 불행하고 예외적인 사건이 아니라 자연에 존재하는 당연한 생명의 순환 현상으로 받아들였다는 증거를 발견할 수 있다. 하지만 사회가 문명화될수록 삶은 물질적인 의미를 갖게 되고, 그 결과 물질의 소멸인 죽음에 대한 이야기는 점점 터부시되어 간다. 빛의 뒷면에 당연히 존재하는 그림자를 부정했을 때, 분명히 생겨날 수밖에 없는 '존재론적 엔트로피'는 어디로 향하게 될까? 사회가 고도로 문명화될수록 높아진다는 자살률, 부자연스러운 삶의 부정과 죽음의 추구가 그 결과는 아닐까?

핀란드의 국민작가 아르토 파실린나의 소설 『기발한 자살 여행』은 유쾌하고 충동적인 어조로 삶과 죽음에 대해 이야기한다. 자살이라는 금기를 이토록 희극적으로 풀어낸다는 것 자체가 이미 터부일지도 모른다. 하지만 자살하고자 하는 각계각층의 사람들을 희화하고 관조함으로써 아르토 파실린

나는 자살이라는 것의 본질을 그만큼 깊이 파헤칠 수 있었을 것이다. 여러 번 파산한 끝에 희망을 잃어버린 세탁소 주인, 아내를 잃고 직업적 자존심마저 잃어버린 대령, 온 재산을 들이부어서 항해할 수도 없는 배를 사버린 육지의 선장, 밍크를 길들여 서커스를 꿈꾸었던 농장주인 등, 등장인물들은 하나같이 삶의 출구를 잃어버린 사람들이다. 하지만 왠지 웃음이 나지 않는가? 사랑하는 남자에게 실연당하고 거리를 헤매는 젊은 여자의 자살에 비해, 전 재산을 탕진해버린 육지의 선장이나 밍크 서커스단 단장, 아내에게 타박받는 세탁소 주인, 평화로운 시대의 전쟁 전문가의 자살은 뭔가 초라하고 로맨틱하지도 않다. 아마도 이것이 소설가의 첫 번째 의도였을 것이다. 제삼자의 은밀한 시선 속에서, 타인의 처절한 불행만큼 재미있는 코미디는 달리 없다는 것.

아무튼, 더 이상 살아갈 이유가 없다며 집단자살에 합의한 사람들은 절망한 자살자 중 하나인 버스 회사 사장의 초호화 관광버스로 여행을 시작한다. 서로서로 자살의욕을 부추겨주며 누군가 낙오(?)할 기미가 보일 때면 끌어주고 밀어주면서. 하지만 발길 닿는 대로 어디로든 떠날 수 있는 자유, 사회적인 책임과 경제적인 중압감에서 벗어나 마시고 즐기는 여행 속에서 적극적인 절망을 이어갈 수 있는 사람이 과연 있을까? 만일 그런 해방감 속에서 자살의욕이 점차 사라졌다면, 과연 그 자살자들이 진정으로 원한 것은 죽음이었을까, 삶이었을까?

핀란드는 기후적, 사회적인 요인 때문에 우울증 환자와 자살자의 수가 상대적으로 아주 높다고 하는데, 우리나라에서도 자살은 종종 중요한 사회적 화두로 등장한다. 그럴 때마다 삶과 죽음의 본능을 생각해보지 않을 수 없다. 과연 자살자들은 죽음의 마지막 순간에 무엇을 생각했을까. 자살의 의지는 그 자체로 죽음의 의지라고 할 수 없다. 올가미를 매거나 몸을 던지거나 약을 삼키는 행위는 그 자체로 죽음이라고 할 수 없다. 죽음은 행위로서 존재하는 것이 아니라 행위의 결과로서 찾아오는 것이다. Undo 불가능한 그들의 행위 끝에 마침내 죽음이 찾아왔을 때, 살아 있는 것들은 과연 적극적으로 죽음을 모색할 수 있을까.

아르토 파실린나는 그 해답을 알고 있다. 그리고 시종 삐뚜름한 웃음을 지은 채 죽음의 본능을 부정한다. 살아 있는 것의 역할은 삶을 추구하고 그 안에서 자신의 몫을 해나가는 것이며, 때가 왔을 때 자연스러운 생의 순환을 받아들이는 것임을 그는 이 호화로운 관광버스를 빌려 이야기한다. 소설이 끝났을 때, 삶의 문제가 해결된 사람은 아무도 없다. 그것은 등장인물도 마찬가지고, 독자도 마찬가지다. 하지만 적어도 자신이 자살이라는 달콤한

단어로 포장한 것이 결국 무엇이었는지, 자신이 정말로 원한 것이 무엇이었
는지는 확실히 알게 될 것이다.

p.s.

우연히 만나게 된 한 정신과 선생님께 자살에 대해 물어본 적이 있다. 그
대답은 다소 의외였는데, 대부분의 자살은 충동적으로 이루어진다는 것이
다. 잘못된 심리학 지식을 가진 사람들은, 진짜 죽을 사람은 죽겠다 죽겠다
소리를 흘리고 다니지 않으며 어느 날 조용히, 진지하고 계획적으로 죽는
다고 이야기하면서 자살충동을 호소하는 사람들을 묵살한다. 하지만 실상
은, '죽고 싶다, 죽고 싶다' 는 생각을 되풀이하다가 어느 날 그 충동이 구체
적이고 강렬하게 다가오는 순간 발작적으로 실행에 옮기는 경우가 더 많다
는 것이다.

아무리 희극적으로 표현된다 한들, 아무리 해피엔딩으로 끝난다 한들, 자
살은 인간이 선택할 수 있는 가장 슬픈 결론이다. 하지만 그 연약한 결론을
막기 위해서 거창한 이론이나 일확천금만이 필요한 건 아닐 것이다. 아르토
파실런나의 호화 버스에서도 현실적으로 처지가 달라진 사람은 없지만, 다
들 자신의 삶을 받아들이기 시작했으니까.

그러니, 누군가가 죽고 싶다는 말을 달고 산다면, 그의 이야기를 들어주
라. 진지하고 따뜻하게.

조금 다르지만 괜찮아

마크 해던, 『한밤중에 개에게 일어난 의문의 사건』

훌륭한 소설가는 종종 그것이 픽션임을 잊게 만든다. 『한밤중에 개에게 일어난 의문의 사건』은 그런 의미에서 두 가지 특수성을 지닌다. 한 가지는 화자가 어린 소년이라는 것, 다른 하나는 그 소년이 또래의 일반적인 소년들과는 다른 정신세계를 가졌다는 것이다. 하지만 능숙한 작가인 마크 해던은 소설가로서의 자신을 증발시킨 채, 크리스토퍼 부운이라는 소년의 목소리만을 철저하게 내고 있다.

이런 종류의 책은 되도록 아무 정보 없이 읽는 게 최선이라고는 생각하지만, 이 소설을 이야기할 때 주인공 크리스토퍼가 자폐증을 가졌다는 사실만은 도저히 이야기하지 않고 넘어갈 방도가 없다. 그런데 이 매력적인 화자의 이야기를 듣고 있다 보면, 신기하게도 그의 자폐증을 병적인 것으로 받아들이기가 점점 더 어려워진다. 분명 이것은 실재하는 소년의 목소리가 아니라 작가가 자신이 창조해낸 캐릭터의 몸을 빌려 만들어낸 가공의 목소리, 결국 작가의 머릿속에서 나온 문장이라는 것을 이성적으로 알고는 있는데,

너무도 자연스럽게 표현된 소년에게 깊이 이입하다 보면 '어쩌면 어린아이가 이런 생각을 할 수 있을까!' 하고 감탄하고 마는 것이다. 마지막엔 그의 자폐증마저도 사랑스럽고 당연하게 다가오게 하는 힘, 현실 속에서는 고단하고 지리멸렬한 사건의 연속일 이야기를 이토록 스릴 넘치고 희망적인 모험으로 바꾸어놓는 힘을 마크 해던은 가지고 있다.

사실, '한밤중에 개에게 일어난 의문의 사건'은 제목이 풍기는 추리소설 같은 뉘앙스에 비하면 비교적 단순한 사건이다. 풀고 나서 단순해 보이지 않는 수수께끼란 세상에 존재하지 않듯이. 하지만 단순한 사건을 단순하게 이해할 수 없는 소년은 한 발짝 한 발짝씩 가장 느린 방법으로 사건을 추리해간다. 거짓말을 '안' 한다기보다는 '못' 하는 이 소년은 농담도 이해하지 못한다. 오로지 사실 그 자체만을 인정하고 받아들이기 때문에, 크리스토퍼를 중심으로 한 세계는 우리가 무의식중에 감정적으로 재구성하는 세계와는 판이하게 다른 색채를 띤다.

어느 날 갑자기 떠나간 엄마, 혼자가 된 아빠와 가까워진 시어즈 부인, 한밤중에 개에게 일어난 의문의 사건, 그리고 사건을 황급히 정리하려 하는 어른들. 이 모든 것들이 무엇을 의미하는지, 현상 너머에 존재하는 감정의 선들을 잇는 작업을 크리스토퍼는 할 줄 모른다. 하지만 이 모든 감정들을 이해하고 해석하고 게다가 넘겨짚을 줄까지 아는 '일반인' 들은 크리스토퍼보다 얼마나 많은 일들을 할 수 있는 것일까? 웃는 얼굴과 찡그린 얼굴밖에는 구분할 줄 모르는 크리스토퍼지만, 그 사이에 존재하는 수많은 표정들은 과연 진실을 반영한다고 할 수 있을까? 사실도 아니고 거짓도 아닌 삶을 이끌어가는 사람들은 그 표현의 스펙트럼만큼이나 폭넓은 힘을 가지고 있는 것일까?

크리스토퍼는 세상에 존재하는 모든 인간적인 자극에 취약한 존재다. 하지만 그런 크리스토퍼기에 그는 직설적으로 진실에 다가설 수 있고, 다른 이들이 애써 외면하는 사람들 사이의 일그러진 관계들을 이어놓을 수 있다. 크리스토퍼의 특별한 세계에 빠져 있다 보면, 우리 역시 혼자만의 병을 앓고 있는 병자가 아닐까 하는 생각이 든다. 세상의 언어와 표현을 알고 있다는 것, 그것으로 진실을 능숙하게 가릴 수 있다는 것, 또는 거짓을 능숙하게 포장할 수 있다는 것을 우리는 소위 '정상' 이라고 부른다. 하지만 이런 능숙한 기만을 정말로 정상이라고 받아들여도 되는 것일까? 모험을 감행한 끝에 미스터리를 해결하고 마침내 이 모든 이야기를 책으로 써낸 크리스토퍼는 자기 자신이 뭐든지 할 수 있다는 사실을 깨달았는데, 그보다 훨씬 더 많은 혜택을 받은 우리들 대부분은 과연 얼마나 많은 일들을 이루어낼 수 있을까?

p.s.

아니, 아니다. '비정상'인 크리스토퍼도 이만큼 하는데 '정상'인 우리는 더 잘할 수 있다는 따위의 말을 하고 싶었던 게 아니었다. 그저, 나는 크리스토퍼가 한없이 정상적으로 느껴진다는 것뿐이다.

1970년대 초반에 있었던 데이비드 로젠한의 실험에 대해 들어본 일이 있는가? 대학원생, 소아과 의사, 정신과 의사, 화가, 주부가 각각 한 명, 그리고 심리학자가 세 명. 이렇게 구성된 여덟 사람은 어느 날 충동적으로 일을 꾸민다. 환자로 위장하여 정신병원에 들어가 그들이 정상인임을 과연 가려내는지 지켜보자는 것이다. 다시 한 자리에 모였을 때, 입회자들 가운데 제일 오래 입원한 사람은 52일, 짧게는 7일로 평균 19일 동안 입원해 있어야 했다. 다시 말해, 당시의 정신과 의사들은 평균적으로 높은 지적 수준을 가진 정상인들을 환자들과 구분해내지 못했던 것이다. 오히려 환자들이 그들에게 다가와 '당신은 미치지 않았어요. 기자나 교수시죠?' 하고 말을 걸었다고 한다.

정상과 비정상을 가리는 잣대는 아직까지도 모호하다. 스스로 아프다고, 힘들다고 비명 지르는 사람 외에는 우리가 함부로 비정상이라고 규정할 권리 따위는 없을지도 모른다. 크리스토퍼도, 자신의 고요하고 질서정연한 세계 속에서 평온하고 행복할 수 있다면 굳이 동정받아야 할 대상이 아닐지 모르겠다. 그저 왼손잡이처럼, 그와는 다른 사람이 대부분인 세상에서 살아가기 위한 도움이 조금 필요한 것뿐일지도.

참고로, 앞서 말한 데이비드 로젠한의 실험이 세상에 공개된 뒤, 분노한 한 병원에서는 그에게 도전장을 내밀었다. 석 달 동안 로젠한이 그 병원의 응급실로 가짜 환자를 보낸다면, 진짜 환자들 사이에서 로젠한이 보낸 가짜를 완벽하게 가려내겠다고.

석 달이 지나고 병원 측에서는 로젠한이 보낸 가짜를 마흔 한 명 찾아냈다고 당당히 발표했다.

로젠한은 단 한 명의 환자도 보내지 않았다.

치열하게 삶을 붙들다

김영하, 『빛의 제국』

지난해 일어난 '황당한 사건 베스트 10' 중에 뭐라 말하기 어려운 사건이 있었다. 자살하러 산에 올라간 남자가, 날씨가 너무 추워서 모닥불을 피웠다가 산을 홀랑 태워 먹고 경찰에 체포되어 무거운 벌금을 물었다 한다. 줄줄이 여러 가지 이야기들이 떠오른다. 냇가에서 목을 맸던 남자가 나뭇가지가 부러지는 바람에 물에 빠졌는데, 건져놓으니 '휴, 수영도 못하는데 큰일 날 뻔했네' 라고 중얼거렸다던 우스갯소리도 떠오르고, 겨울에는 한강의 자살률이 뚝 떨어진다는 이야기도 생각난다. 이유는, 너무 추워서.

그저 웃을 일만은 아닐 것이다. 누구나 목숨은 하나뿐이라는 것을 알고 있다. 그럼에도 불구하고 하나뿐인 생명을 버리는 그 순간에 원초적인 생존 본능이 남아 있다는 뜻이 아닌가. 죽는 순간까지도 살고 싶어하는 것이 사람이라는 뜻이 아닌가.

헨리 데이비드 소로는 이렇게 말했다. '가만히 살펴보면 모두가 조용히 필사적으로 살아가고 있다는 것을 알 수 있다' 고. 김영하의 『빛의 제국』은

이 한 문장을 400페이지 정도에 걸쳐 멋지게 풀어내고 있다. 세련된 아내와 귀여운 사춘기 딸이 있는 평화로운 아침 풍경으로 시작하는 이 소설은 능숙하고 매끈하게 세 사람의 독립된 삶 속으로 독자를 이끌며, 서두르지 않는 듯이, 하지만 결코 여유를 두지 않고 본격적인 이야기를 시작한다. 유럽 소설의 낯선 풍경묘사를 세련된 코드로 받아들이는 나태한 고정관념에 뒤통수를 치면서, 『빛의 제국』은 21세기 우리나라에 이렇게 현실적이고도 멋진 서스펜스가 존재한다는 사실로 첫 번째 충격을 안겨준다. 팔등신에 식스팩을 기본 스펙으로 갖추고 디올옴므 수트를 입은 바람둥이 대신, 달랑 두 명의 직원을 둔 조촐한 사무실을 꾸리며 유키 구라모토도 모를 정도로 촌스러운 누군가의 아빠가 이끌어가는 스토리는, 태평양의 간극만큼이나 다른 질감을 선사한다. 전자의 땀이 늘씬한 미녀가 입술로 닦아줘야 하는 향기로운 페로몬의 결정체라면, 후자의 땀은 십대 소녀들에게 타박받는 면 손수건을 든 중년의 땀이다. 하지만 그럼에도 불구하고 후자의 땀에 우리가 더 공감하게 되는 것은 더 익숙하기에 더 자연스럽고, 그렇기 때문에 더 허영 없이 공명할 수 있기 때문이다.

뽀샤시하게 편집된 풍경이 아닌, 우리가 잘 아는 서울의 빌딩숲 속에서 벌어지는 주인공의 사건들은, 그 현실적인 배경만큼이나 진지하고 현실적인 문제에 대해서 질문을 던진다. 당신은 지금 치열한가. 당신은 지금 자신의 삶에 애착을 갖고 있는가. 당신은 지금 살아 있는가. 그리고 최종적으로, 그 사실들을 스스로 인식하고 있는가.

사람들은 다들 사는 게 너무 힘들다고 말한다. 때로는 권태에 빠지기도 한다. 자신의 삶은 보잘것없는 쳇바퀴 속에서 돌아가고 있다고, 자신은 사회라는 기계 속 하나의 나사일 뿐이라고 좌절해버린다. 그러다 술이라도 한 잔 걸치면, 이 빌어먹을 인생 차라리 죽어버리자고 쉽게 뱉어버리기도 한다. 진심일 수도 혹은 그저 입에 붙은 말버릇일 수도 있겠지만, 자기 목에 실제로 칼날이 서늘하게 와 닿았을 때, 적극적으로 자신의 생존본능을 배반할 사람은 과연 몇이나 있을까?

호들갑스럽지 않게, 소심하지도 않게 현실을 있는 그대로 비춰내는, 자기 얼굴 같은 문체를 가진 소설가 김영하는 쓸데없는 까칠함으로 카리스마를 가장하는 짓 따위는 하지 않는다. 탁월한 소재, 능란한 스토리 진행만큼이나, 김영하라는 이름 자체가 삶에 대한 다른 시각을 던져주는 이유다.

p.s.
이 글이 나간 뒤, 글을 본 어느 기자님이 김영하 작가와 대담 형식의 인터뷰 자리를 준비해주셨다. 당연히 나는 허둥지둥. 이런 글 때문에 이런 자리가 생길 줄은 꿈에도 몰랐던 것이 첫 번째 이유였고, 혹시나 김영하 작가가 이 글을 봤으면 어떡하나 하는 창피함이 두 번째 이유였다. 아니, 내가 어쩌자고, 하필 이 소설에서만, 내용 얘기만 하면 됐지 문체가 어떠니 능란이 어쩌니 하는 건방진 소리를 해댔단 말인가 하는 자책을 얼마나 했는지 모른다. 당시 연재 중이던 『퀴즈쇼』를 급히 훑어보면서, 과연 이분을 만나서는 무슨 얘기를 해야 한단 말인가. 대체 나는 어쩌자고 대담에 응한 것인가, 하며 무슨 〈100분 토론〉에라도 나가는 사람마냥 긴장하여, 막상 머릿속이 하얘졌다.

함께 앉아 있었던 한 시간이 어떻게 갔는지 기억도 나지 않는다. 뭔가 어쭙잖은 이야기만 횡설수설 늘어놓았다는 부끄러움만이 남았을 뿐. 그래도 참 멋진 웃음을 가지고 있는 작가였다. 다음에는 이런 부끄러운 자리 말고 어딘가의 바에서 그냥 혼자 '어엇!' 하고 알아보고, 어떡하고 마시나 숨어서 보다 오고 싶다.

신포도를 흘기는
여우를 강요하지 마라

요즘 서점 진열대는 새침 도도한 직장여성들이 대세인 모양이다. 포니테일 질끈 묶어 올리고 한껏 콧대를 치든 얼굴, 늘씬한 개미허리에 실크를 휘감은 실루엣. 희한하게도 같은 여자들끼리는 가장 싫어할 법한 첫인상인데 책에게는 너그러워서인지 그런 첫인상이 꽤나 먹혀들고 있다. 외모와 알맹이가 내숭 없이 일치하는 진열대의 그녀들 중에는 놀랍게도 'OKUDA♥ HIDEO'의 작품도 끼어 있었다.

오쿠다 히데오의 『공중그네』를 아주 재미있게 읽었던 나는 사실 일부러 그의 신간 『걸』을 피하고 있었다. 현란한 만화체의 표지 일러스트, 흑백 하트로 앙증맞게 달린 주석들, 작가의 이름에까지 과감하게 하트를 끼워 넣는 센스까지, 어느 하나도 내 취향에는 맞지 않았던 것이다. 하지만 사실 결정적인 건 제목이었다. '걸.' 아마도 원제는 '갸—루'였겠지.

아시다시피 세상사 마음대로만 되지는 않는 법이라, 난 결국 그 책을 읽게 되었다. 스프링노트 표지로 쓰면 참 잘 팔릴 법한 표지에 나름 각오하고 독서에 임했는데도, 소설 속 '걸' 들은 내 각오보다 강했다. 그녀들의 소소한 듯, 당당한 듯한 이야기를 따라가는 내내 명치끝에 걸린 은근하고 지속적인 불쾌감의 정체를 찾아야 했던 나는, 책을 다 읽고, 찢을까 잠시 고민하고, 진정하고, 그리고도 한밤 자고 나서야 그 이유를 찾을 수 있었다. '걸' 들은 나에게 강요하고 있었던 것이다. 그들의 상식을. 그들의 전형을. 그들의 당위를.

이제 와서 칙릿Chick-lit 운운하는 건 너무 뒤늦은 일인지 몰라도, '프라다를 입은 악마' 가 화려하게 등장한 이후 비슷한 유의 소설이 너무 많이 쏟아진 건 사실이다. 그동안 초라한 시골여자가 명품녀로 거듭나든, B사감 스타일의 여검사가 나긋한 도리스로 거듭나든 뭐 별로 신경 쓰지 않으려고는 했지만, 오쿠다 히데오까지 가세할 줄은 몰랐기 때문에 타격이 좀 있었다. 게다가 거창하게 '척' 하지 않는 그의 단순명쾌한 문체도 한몫했다. 30대의 '평범한' 직장여성들이 줄줄이 등장해 꺾어진 젊음에 초조해하고, 젊은 여자를 시기하며, 현실을 가장한 소설 속 삶을 살아가는 걸 보다 보면 자연스럽게, 왠지 함께 초조해하고 함께 한숨 쉬며 함께 '골빈 여자애' 를 경멸할 듯한 기분이 든다. 한마디로 그녀들이 나와 닮아 있음을, 그것이 현실임을 인정해

어째서 '여자' 'chick' 이라는 허울 속에
스스로에게 이상한 선입관을
심어버리는 것일까.

야만 할 것 같은 것이다.

애당초 30대 여성의 소설을 엮으며 『걸』이라는 제목을 붙인 것도 껄끄럽다. 일견 이 제목은 30대 여성의 가슴에도 소녀는 있다, 30대도 역시 젊고 감수성 예민한 여성이라고 긍정해주는 듯하지만 '멋지고 당당한' 30대 여성이 어째서 소녀를 추구해야만 한다는 것인가. 왜 그녀들은 더 이상 소녀가 아님을, 더 이상 하늘하늘한 옷을 입을 수 없음을 한탄하며 자기보다 어린 여자들을 질투하며 깎아내린다는 것인가.

『걸』의 겉표지를 벗겨보면 까만 양장본으로 된 뒤표지에는 'Girl just wanna have fun'이라고 적혀 있다, 핫핑크색 글씨로, 그래요 그 신나는 소녀의 마음을 가지고 계속해서 살아가세요, 그게 쿨하고 당당해요, 하고 살랑살랑 유혹한다. 하지만 이 유혹은 현모양처 되라고 초경 때부터 신부수업 시키는 할머니만큼이나 강압적인 또 하나의 굴레일 뿐이다. 30대라는 나이, 20대라는 신포도를 흘기는 여우로 꾸미지 말라. 끊임없이 이어지는 시간의 흐름 속에서 그저 있는 그대로의 자신으로서 살아가게 내버려두라.

p.s.
한동안 폭발적이던 칙릿 붐이 사실 달갑지 않았다. 그들이 떠들어대는 그

얕은 공감대에 끼고 싶지도 않았거니와, 당최 그들이 주장하는 바도 알 수 없었기 때문이다. 칙릿에서는 언제나 일과 사랑, 여성과 여성성을 대치시키며 그 안에서 줄타기하는 여성들의 모습을 보여주는데, 왜 굳이 그래야만 할까? 남자가 됐든 여자가 됐든, 사람은 자기 자신 이외의 그 무엇도 되지 못한다. 자신과 외부세계와의 부조화 속에서 그 시행착오를 경험으로 바꿀 수 있는 것도 자기 자신뿐이다. 어째서 '여자,' 'chick' 이라는 허울 속에 스스로에게 이상한 선입관을 심어버리는 것일까. 나는 타고난 조건 속에서 한 번뿐인 인생을 나름대로 살아내는 존재일 뿐이다. 나는 여자거나 남자인 나, 10대거나 20대거나 30대거나 40대인 나일 뿐이다. 실제로 30대나 40대인 여성에게 묻는다면, 다시 10대가 되고 싶다고 대답하는 사람은 몇이나 될지 궁금하다.

참고로, '칙릿' 에서 'chick' 은 병아리라는 뜻이다. 여자를 낮춰 부르는 속어쯤 돼주시겠다. 은근한 성적 비하와 경멸이 담긴 이 용어에 왜 아무도 토를 달지 않는지 모르겠다. 그토록 우아하게 현실과 이상을 조화시키길 꿈꾸시면서, 기껏 선택하는 것이 '핫hot한 병아리' 같은 삶인가.

나를 이 폭력적인 이분법의 세계에
살게 하지 말아요

김언수, 『캐비닛』

어린 시절, 나는 내가 외계인이었으면 하고 바랐다. 아니, 외계인이 아니라도 괜찮다. 뭔가 보통 사람하고는 다른 존재, 남들이 모르는 비밀을 간직한, 언젠가는 각성하고 피어나고 탈피할 수 있는 존재라면 무엇이든 좋았다. 미운 오리 새끼든, 별당 아씨든, 기억을 잃은 인어공주든, 어쨌든 지루하지 않은 특별한 존재.

이런 경험이 나 혼자만의 것은 아닐 것이다. 누구에게나 자기 자신은 하늘 아래 하나뿐이다. 그렇기에 누구에게나 자기 자신은 어떤 것으로도 대체 불가능한 특별한 존재일 수밖에 없다. 하지만 내 자신이 주위의 심상한 인물들과 그다지 다른 점이 없다는 것을 어렴풋이 깨닫게 되는 유아기 시절, 아이들은 현명하게도 자신만의 공상의 세계를 지어 올린다. 자신이 주인공이 되어 마음대로 재구성하는 세계. 그 판타지 안에서 아이들은 자신의 고유성을 지키고 확장시킬 줄 안다. 하지만 세상을 배우며 어른이 되어

갈수록 그러한 고유성은 사회화에 방해가 된다는 것을 알게 되고, 남들과 똑같다는 사실을 마음 편하게 받아들이면서 자신의 고유성을 두려워하도록 학습된다.

김언수의 『캐비닛』 속에서는 이렇게 봉인되고 잊혀진 고유성의 판타지가 되살아난다. 소설의 화자는 '그저 자리를 채워놓는 것'이 주 업무인 지루하고 반복적인 일상을 살아가고 있다. 하루에 고작 몇십 분 일하고 그저 앉아만 있으면 꼬박꼬박 월급을 입금해주는 회사에서 '그래도 월급 받는 직장인으로서 무슨 일이든 해야 하지 않을까' 하고 묻는 그에게는, 월급에 대한 의무감보다도 자신의 존재 가치에 대한 증명이 훨씬 더 급한 과제였을 것이다. 때문에 화자가 기사식당과 사우나에서 나태하게 업무시간을 때우는 모습은 한심하거나 뻔뻔하기보다는 서글프고 애처롭게 다가온다.

하지만 사실, 이런 회색의 힘없는 일상은 이후 나타나는 캐비닛 속의 별천지를 강조하기 위한 장치에 지나지 않는다. 캐비닛 속의 심토머symptomer들은 정상 범주에서 한참 벗어난 자들이다. 심토머라는 표현 자체가 그렇다. 증상을 보인 사람들이란 뜻은 결국 환자를 말하는 것이 아닌가. 하지만 신기하게도 이러한 이단자들, 이해할 수 없는 증상을 가진 자들, 자연법칙을 벗어난 자들의 이야기는 그 어떤 정상인들의 삶보다도 생생하게, 총천

연색으로 빛난다. 게다가 그들 대부분은 자신의 인생을 긍정하고 있는 것이다. 자신의 삶이 비참한 나머지 다른 사람을 비참하게 만드는 사람들, 앉아서 시간이 흘러가기만을 기다리며 인생을 낭비하는 사람들, 세상에 짓눌려 스스로를 학대하는 사람들에 비해 이들 심토머들은 얼마나 순진하고 아름다운가. 그 누구에게도 피해를 입히지 않으며 그저 자신의 삶을 밀도높게 꽉꽉 눌러 채우고, 적어도 눌러 채우길 원하고 있다. 그들을 비정상이라고 분류하고, 또는 그들을 이용하여 다른 이들을 상처입히는 것은 멀쩡한 회색의 '정상인' 들이다. 과연 어느 쪽이 삶의 본질을 더 잘 이해하고 있는 것일까?

심토머들의 특징 중 눈에 띄는 것은, 그들의 가장 큰 두려움이 증상 자체가 아닌 '나는 왜 다른 사람과 다른가' 라는 사실이다. 두려움이 사라졌을 때, 그들의 증상은 골칫거리가 아닌 축복으로 변하기도, 사랑의 대상이 되기도 한다. 어쩌면 이것은 그다지 새로운 소설이 아닐지도 모른다. 내가 나이기에 남과는 다르다는 사실을 두려움보다는 축복으로 받아들였던 어린 시절의 진리를, 어른의 언어로 다시 옮겨놓은 것뿐인지도.

p.s.

초등학교 때, 아버지의 유학을 따라 미국에 잠시 머문 적이 있었다. 처음 미국 학교에 입학해 수업을 들었을 때 느꼈던 놀라움은 아직도 생생하다. 무슨 소리를 하는지 몰라 나는 그냥 죽은 듯 가만히 있었지만, 선생님이 무슨 질문만 하면 애들이 서로 앞 다투어 손을 들고 '저요, 저요'를 외치며 난리도 아닌 것이다. 나는 답을 맞추면 무슨 상품이라도 주는 줄 알았다(물론 그런 건 없었다). 아, 이런 건가 보다 하고 1학년과 2학년을 보낸 뒤 한국에서 다시 3학년을 다녔는데, 나는 왕따가 되었다. 아는 문제가 나와서 자신 있게 손을 들고 큰 소리로 대답했더니 애들은 뒤에서 킬킬거리며 흘겼고, 나는 맞는 대답을 했는데 왜 애들이 웃는지 이해할 수가 없었던 것이다.

그 이후로 나는 정답을 알아도 가만히 혼자만 알고 있도록 길들여졌다. 뭔가 좀 튀는 것 같으면, 그게 단순히 모난 돌인지 아니면 잘 만들어진 조각품인지와는 상관없이 일단 정부터 맞게 되는 분위기에 익숙해진 것이다. 중구난방 맞지도 않는 답을 주장하느라 교실을 온통 소란스럽게 만드는 개인주의도 대단한 건 아니겠지만, 적당히 묻어가는 안일함을 세련됨이라고 착각하는 집단주의도 달갑지 않은 건 마찬가지다.

모두가 '예'라고 말할 때 '아니오'라고 말할 수 있는 사람이 그렇게나 멋

있어 보일 정도로 드물다면 이미 이 세계 전체가 거대한 하나의 캐비닛으로 우릴 압박하고 있다는 반증이 아닐까? 세상의 테두리 밖으로 벗어나지 않고도 있는 그대로의 나를 주장할 수 있는 세상이 나는 훨씬 탐난다.

눈뜬 장님, 눈먼 장님,
그리고 진실로 눈을 뜬 자들에 대하여

주제 사라마구, 『눈먼 자들의 도시』 『도플갱어』 『동굴』

책을 추천한다는 것은 어려운 일이다. 그 책의 어떤 문장이 멋진지, 어떤 부분이 찬탄할 만한지를 최대한 깔끔하게 전달하는 것과 동시에, 상대방의 고유하고 주관적인 독서를 방해하지 않을 정도까지만이라는 원칙을 지켜야 하니까. 하지만 내가 사랑에 빠지는 책들은 마치 첫눈에 반한 연인과도 같아서, 자랑하고 싶은 장점들이 한두 가지가 아닌 나머지 산만한 인용을 늘어놓으며 진부한 열정 속에서 '어쨌든, 하여간, 말도 못하게 끝내줘!' 라고 끝맺고 마는 경우가 비일비재하다.

『눈먼 자들의 도시』를 통해 주제 사라마구라는 작가를 처음 만났을 때, 난 한동안 또 그렇게 들뜬 열정 속에서 그의 이름과 함께 한참을 지냈다. 술자리에서도, 친구들과의 간만의 통화에서도, 일상적인 만남에서도, 꼭 한 번은 그의 이름을 들먹이며 열성적인 전도사 역할을 자처한 것이다. 젊음과 늙음, 광기와 지혜, 진리와 허상이 완벽한 균형 속에서 공존하며 이뤄내는 그 날카롭고 독창적이면서도 진실한 세계. 그 안에서는 인간에 대한 조화로운 혐오와 믿음, 애정과 체념이 그 어떤 합리화도 거치지 않은 채 숭고한 희극을 이끌어내고 있었다. 그리고 이러한 사라마구의 특징은 플라톤을 먼지 날리는 현실로 끌어들인 『동굴』을 거쳐 『도플갱어』에서 좀더 현대화된 모습으로 나타난다.

도플갱어는 널리 알려졌다시피, 자기와 똑같이 생긴 자신의 분신을 의미하며 도플갱어를 만난 사람은 대개 불행한 죽음을 맞이한다고 한다. 소설 속에서 작가는 도플갱어의 의미, 도플갱어를 만난 사람들의 파멸의 과정을 현실적이고도 철학적으로 풀어놓고 있다. 패션모델들이 굶어 죽고 초등학교에 다니는 소녀들까지 성형수술에 관심을 보이는 오늘날에도, 사람들은 끊임없이 정신과 내면의 중요성에 대해 스스로도 믿지 않는 위선적인 이야기들을 늘어놓는다. 하지만 사라마구는 정신과 영혼이 아무리 본질적이라도 결국 사람이 '내가 나'임을 확신할 수 있는 가장 단단하고 현실적인 증거는 그의 거죽일 뿐이라는 사실을 가차 없이 이야기한다. 정신과 내면이 얼마나 숭고하든지 간에, 인간은 자기 눈으로 확인할 수 있는 '나의 육체'라는 실체에 가장 크게 의존한다는 것.

『도플갱어』의 이야기는 이미 『동굴』에서부터 예언된 필연적인 결과다. 시각을 빼앗긴 정도로도 끝없이 추락하게 되는 것은, 그림자의 세계에 살고 있는 인간들의 어쩔 수 없는 현실이다. 우리는 영혼이 실제로 존재하는지 아직까지도 증명하지 못했다. 그저, 인간에게 기본적으로 주어진 감각신경들을 동원해서 현상을 받아들이고 해석해서 축적하는 것이 우리에게 가능한 유일한 삶의 방법이다. 자아실현이라느니, 영혼이라느니, 개성이라느니 이야기하지만 이런 모호한 개념들은 결국 손에 잡히는 현실적인 감각들로 재해석된다. 그렇지 않다면 영혼의 무게를 몇 그램이라고 잴 필요도 없었을 것이고, 요란한 머리스타일을 개성이라고 인정하는 일도 없었을 테니까.

『눈먼 자들의 도시』에서 그래도 희망을 이야기하고, 『동굴』에서 분명한 결론 없이 탈출만을 제시한 사라마구는 『도플갱어』에서는 인간에 대해 좀 더 신랄하고 엄격해진 듯하다. 어딘가 폴 오스터를 떠올리게 하는 현대적인 블랙코미디를 엮으며 그가 인간에 대해 점점 실망하고 있는 것인지, 아니면 그저 조급해하고 있는 것인지 판단하기란 어렵다. 결국 인간은 이러한 존재일 뿐이라며 소리치고 있는 것인지, 이러한 굴레에서 벗어나버리라고 호소하는 것인지. 아니면 그저 한 번쯤 독자를 혼란에 빠뜨리고 싶었을 뿐인지. 그래도 단락 구분도 따옴표도 없이 빽빽하게 써내려간 그의 문체 속에서 생생하게 살아 있는 인간들의 숨결을 구분해낼 수 있었듯이, 그가 던져놓은 위로도 결론도 없는 숙제 속에서 우리의 삶은 분명 또 하나의 길을 찾을 수 있을 것이다.

p.s.

『동굴』과 『도플갱어』 역시 멋진 작품이지만, 그래도 『눈먼 자들의 도시』를 처음 읽었을 때만큼 마음 깊이 꽂히지는 않았다. 역시 첫인상만큼 강렬한 두 번째 만남은 불가능한 것일까? 하지만 주제 사라마구는 그 첫 만남만으로도 나에게는 두고두고 의미 있는 각인을 남겼다. 씨디를 살 때도, 한번 꽂힌 뮤지션의 음반은 될 수 있는 대로 다 모으는 버릇이 있는데, 굳이 그 사람의 음악을 다 듣고 다 좋아해서라기보다 좋아하는 사람이니까 당연히 가져야 한다는 강박관념 비슷한 것이 생기기 때문이다. 내가 좋아하는 사람인데, 다른 사람이 내게 없는 앨범을 가지고 있으면 왠지 억울한 그런 기분.

그래서 주제 사라마구라면 일단 사 모으고 있다. 올해 초에 발간된 『눈뜬 자들의 도시』에는 『눈먼 자들의 도시』 미니북이 따라왔는데, 사이즈가 꽤 고맙다. 양장본이 있기에 아직 들고 다니며 읽을 기회가 없었는데, 어디 바람 잘 드는 해먹이라도 찾아야 하나……?

우주에선 뭐든지 가능하다니까

더글러스 애덤스, 『은하수를 여행하는 히치하이커를 위한 안내서』

수박이라도 베어 물고 평상에 드러누워 밤하늘을 올려다보며 별을 헤일 때, 우리는 우주를 마주보고 있는 것이다. 의식하지는 않고 있더라도. '우주'라는 단어 앞에서 으레 느끼게 되는 거리감도, 이런 식으로 생각해보면 별것 아닐지 모른다. 무한하고 광대한 미지의 영역, 그 비밀들을 속속들이 모두 알게 되는 날이 과연 올지는 장담할 수는 없지만, 의외로 우주가 밝고 즐겁고 장난스럽고 당연한 생활의 공간이라면 어떨까?

우주 공간을 배경으로 한 SF판타지는 무수히 많다. 『은하수를 여행하는 히치하이커를 위한 안내서』는 그러한 판타지의 최종 진화 버전이다. 작가는 이 책에서 예절교육과는 상관없이 놓아기른 아이마냥 우주공간 속으로 아무 두려움이나 경외감 없이 뛰어들어 해맑게 재주넘으며 놀러 다닌다. 대상에 대해서 모른다는 것, 파악하지 못하고 있다는 사실에 겁먹을 만도 한데, 이 버르장머리 없는 아이는 오히려 그 사실을 이용해 자기 멋대로 우주를 재구성하는 것이다.

난폭하고 발랄하고 제멋대로인 작가 덕에, 평화로운 지구에서 낯익은 사건을 마주하며 경계심을 풀고 있던 독자는 한순간에 아무것도 모르는 상태로 낯선 질서가 지배하는 기이한 공간에 내던져진다. 게다가 돌아갈 곳도 없이. 도로를 뚫기 위해 내 집이 무너지는 것을 당연하게 받아들이면서 꿈도 꾸지 않았던 세계에서의 생활에 익숙해지는 수밖에는 없다. 모든 등장인물과 독자가 함께 '모든 관점 보텍스'에 떨어지는 것이다. ('모든 관점 보텍스'는 소설 속에 등장하는 고문기구로, 우주의 광대함과 비밀을 가르쳐줌으로써 자신이 얼마나 작은 존재인지를 실감하게 해서 사람의 마음을 무너뜨리는 기능을 한다.)

모든 관점이 가능하고 기존의 질서는 무너졌으니, 작가는 마음 내키는 대로 지껄일 수 있는 자유를 얻게 되고, 독자는 해석하고 이해해야 한다는 강박에서 서서히 해방된다. 그리고 비로소, 자의적인 왜곡이 없는 순진한 독서가 시작되는 것이다. 생각해보면, 지구인이 어느 날 우주선을 히치하이킹해서 우주인과 모험을 시작한다는 설정 자체가 말도 안 되는데, 무슨 일이 일어나든, 무슨 논리가 존재하든 놀라울 것이 있겠는가? '신발 파동 수평선'이 뭔지, 왜 신발가게 외의 다른 것을 만드는 것이 불가능한지, 지구에서의 삶만을 아는 우리는 이해할 수가 없으니 아예 통째로 받아들여 버리면 된다. 우주 공간에선 뭐든지 가능하다고 생각해버리자. 과거의 나 자신과 마주앉아 차를 마시는 것만 빼고(아무리 우주라도 이것만은 금기다).

『은하수를 여행하는 히치하이커를 위한 안내서』는 2005년 영화로도 제작되어 국내 개봉했었다. 책이 씌어진 건 70년대 라디오 방송을 위해서였는데, 영화를 통해 다시 알려지면서 새로운 인기를 누리게 되었으니, 영화로 감상하는 것도 나쁘지 않을 것이다. 단, 선수들이라면 당연히 알고 있는 사실이겠지만, 반드시 책을 먼저 읽고 나서 볼 것. 책을 한참 재밌게 읽던 중, 지나가면서 우연찮게 TV에서 방영해주고 있는 영화 〈은하수를 여행하는 히치하이커를 위한 안내서〉를 흘끗 보게 되었는데, 그 이후로 한동안 영화 속의 외계인의 형상이 내가 상상하고 있던 이미지와 자꾸만 부딪혀서 곤혹스러웠던 기억이 있다.

남의 상상력을 굳이 내 독서에까지 끌어들일 필요는 없을 것이다. 자유롭고 홀가분하게, 이 기발한 작가와 상상력을 겨뤄보시라. 이 작품을 철학과 인생을 아우르는 형이상학적 판타지로 보든, 세련되고 유머러스한 천재의 풍자로 보든, 기상천외한 사고방식을 가진 글쟁이의 익살로 보든, 그건 당신이 판단할 일이다.

p.s.

인간들은 사실 '모든 관점 보텍스'를 좀 경험해볼 필요가 있다. 특히 우리보다 훨씬 고귀한 생명체인 높으신 분들이 좀 겪어보셨으면 하는 바람이 있다. 많이는 안 바라지만, 그저 지구가 자기들을 중심으로 돌고 있지 않다는 것만 좀 깨달아주신다면 지금보다는 훨씬 평화로운 세상이 되지 않을까. 하긴 그래도 그걸 깨닫는 건 어느 누구에게든 어려운 일인 것 같다. 그러니까 미치기까지 하는 거겠지.

에피소드 하나. 이 글을 쓸 당시 나는 자주 다니던 강원도의 한 펜션에 있었다. 이렇게 말하니 뭔가 여유롭고 멋진 아티스트의 생활인 것 같지만, 아는 선배 하나가 평창에 있는 펜션의 매니저 일을 해서 주말에 가끔 얹히러 갔던 것뿐이다. 하지만 청량한 공기를 마시며 온통 초록으로 둘러싸인 곳에서 이런 우주 판타지를 읽자니 한없이 유쾌했던 기억이 남는다. 여건이 허락한다면 몸도 머리도 상상력도 한없이 풀어헤친 채 독서를 즐겨보길 권한다. 도시에서와는 또 다른 자유로움이 느껴질 것이다.

우주라는 단어 앞에서 으레 느끼게 되는 거리감도
이런 식으로 생각해 보면 별것 아닐지도 모른다.
의외로 우주란 밝고 즐겁고 장난스럽고 당연한 생활의 공간이라면 어떨까?

인생 만세!

새러 그루언, 『코끼리에게 물을』

꿈같이 달콤한 공기 속에서, 다이아몬드들이 반짝반짝 오르골 소리를 내며 비처럼 쏟아져 내린다. 부드러운 윤곽의 흑백사진에 옅은 파스텔 색채를 덧입힌 낡은 영상은, 무대복을 입은 아름답고 작달막한 서양 여인과 착한 눈초리를 가진 우아한 백마의 모습을 담고 있다. 이 모든 것들은 달콤하고 단순하면서도 가슴이 답답할 정도로 그리워서 자기도 모르는 사이에 눈물이 맺히고 만다.

엄마 눈을 피해서 몰래 꺼내 먹던 쿠키 항아리, 목 타는 여름날 10센트를 주고 사 먹던 레모네이드의 시원함 같은 건 나의 진짜 기억이 아니다. 우리 엄마는 쿠키 항아리 같은 걸 갖고 있지도 않았고, 집에 과자를 사두지도 않았다. 동전을 꿍쳐다가 사 먹던 것이 포도당으로 만든 쫄쫄이 빨대과자라면 모를까, 레모네이드라니? 그런데도 왠지 이런 영상들은 가슴속에 먹먹한 추억 같은 것들을 불러일으킨다. 언어가 달라도 통하는 마음처럼, 사람의 마음 깊숙한 곳을 건드리는 것들에는 아마도 어딘가 공통된 핵이 존재하는 모양이다.

참으로 오랜만에 이런 감각을 느끼며 나는 이 아름다운 책을 보석같이 소중하게 읽었다. 서커스 기차를 타고, 온몸에 부딪혀오는 힘센 바람을 맞으며, 머리 위로 사랑의 보석들이 쏟아져 내리는 것을 느끼며, 그리고 이 모든 일생이 늙은이의 망막 속에 다시 한 번 찬란하게 맺히는 것을 지켜보며.

자신이 아흔 살인지 아흔세 살인지 자꾸만 헷갈리는 노인의 기억 속 풍경은 어느 한 장면도 그냥 넘어가기가 아깝다. 어린 시절, 명절이면 TV에서 방송하던 서커스 장면 하나하나에 찰싹 달라붙어서 들이마시듯 본 것처럼, 아름다운 말레나가 공 위에서 다리를 어떻게 교차시키고, 코끼리 앞에서 어떻게 연기를 펼치는지 묘사하는 장면은 그 하나하나가 모두 소중하고 소중하다. 퉁명스러운 난장이 킹코의 빙충맞은 심보가 수그러들고 사람 냄새를 풍기며 자기 주변 친구들을 챙기는 모습이나, 삶에서 도망치기 위해 지나가는 기차에 몸을 날린 청년이 화려한 분장과 썩어가는 동물들의 배설물 속에서 살아나가는 모습 역시 절박하고도 아름답다. 그리고 그 무엇보다 놀라웠던 것은, 캐나다의 젊은 여성작가가 쓴 이 소설 속에는 서구적이고 관념적인 절망 대신에, 무언가 익숙하게 다가오는 한恨 같은 것이 배어들어 있었다는 것이다.

눈을 뜨면 노인은 상추 잎처럼 시든 양로원에서 맛대가리 없는 식사를 배식받으며 무력하게 삶을 허비하고만 있다. 눈을 감은 꿈속에선 그가 젊은 날을 보냈던 서커스단의 화려한 풍경들이 격렬하게 펼쳐진다. 받아들이기 힘든 회색빛 정체된 인생과 눈 뜨고 버티기도 힘들 만큼 휘몰아치는 총천연색의 인생을 넘나들며 느껴지는 감동은 단순한 드라마의 감동 이상이다. 얼마나 왜곡되어 있을지 모를 아흔 살, 또는 아흔세 살 노인의 기억이 이렇게 반짝반짝 빛나고 있는 것은 서커스 자체가 진짜로 그렇게 화려했기 때문만은 아닐 것이다. 소설 사이사이에 삽입된 미국 대공황 시절의 실제 서커스단 사진이 처음엔 얼마나 초라해 보이는지! 하지만 진짜 추억일지 노인의 가짜 향수일지 모를 서커스의 기록을 따라가다 보면, 이상하게도 그 사진들은 소설만큼이나 빛나 보이기 시작한다. 당연하다. 노인은 자신의 삶을 사랑했던 것이다.

사랑은 무엇보다 힘이 세다. 젊은이는 자신을 사로잡은 운명적인 여인을 사랑하고, 노인은 자신의 찬란했던 젊은 날을 사랑한다. 젊은이는 사랑 때문에 맞아죽을 각오를 무릅쓰고, 노인은 가족들의 무관심을 잊고 위험한 외출을 무릅쓴다. 그토록 무언가를 사랑하고, 그토록 무언가를 갈구하는 그들이 어떻게 빛나지 않을 수 있을까. 아름답다. 인생 만세.

p.s.

이 책을 읽으면서, 나는 정말로, 챠르르르 하고 별들이 머리 위로 쏟아져
내리는 소리를 들었다.

언더그라운드, 흰 살 아래 시뻘건 근육 같은

서진, 『웰컴 투 더 언더그라운드』

요즘은 인터넷에 접속하면 무엇이든지 볼 수 있다. 시시껄렁한 삼류 유머에서 3분짜리 정치풍자 영상, 누군가의 신세한탄, 연예인 뒷담화나 독기 품은 어린아이들의 저주 일색의 댓글까지, 약간의 시간과 재치만 들인다면 원하는 건 뭐든지 볼 수 있다. 그 수많은 인터넷 게시글 중 '어디까지 벗어야 하나요?' 하는 선정적인 제목의 동영상을 발견했다. '아니, 이런 건전한 게시판에 왜 이따위 자료가 올라오는 거야?' 라고 입 꼬리를 찌그러트리면서도 역시나 플레이버튼을 눌러보았다. 한물간 음악에 한물간 스트립댄서가 등장한다. 넘쳐나는 섹시 자료에 익숙해진 눈은 이미 이 정도 자극에는 아무렇지 않은 지 오래다. 옷을 벗고 브래지어를 풀고, 과연 팬티까지 벗을 것인가 말 것인가 결말만 보고 말려고 했는데.

갑자기 장막 뒤로 들어가 그림자 실루엣만 드러낸 댄서는 팬티를 가볍게 벗어던지더니 가죽을 벗고 근육을 벗는다. 앙상한 해골만 남은 댄서는 그래도 여전히 음악에 맞춰 허리를 비틀어댄다. 그러고 보니, 로비 윌리엄스의 뮤직비디오 중에서도 이런 장면을 본 적이 있는 것 같다. 근육으로 탱글거리는 그 섹시한 몸 위로 한 꺼풀 한 꺼풀 벗어나가다 자기 근육을 철썩철썩 뜯어 던지던 그 충격적인 '락 디제이.' Rock DJ

서진의 『웰컴 투 더 언더그라운드』는 섹시한 스트립댄서의 한 꺼풀 가죽 아래 감춰진 펄떡거리는 근육과 내장, 해골을 드러내는 소설이다. 피투피P2P를 통해 다운받은 미국 드라마에서 눈동낭한 마천루들로 대표되는 곳, 스타벅스 커피잔을 들고 싸구려 패밀리 레스토랑에서라도 따라가고 싶은 환상의 이름 뉴욕. 하지만 실상은 낡은 건물과 노화된 지하철 노선들이 얽혀 있는 그 유명한 도시를 배경으로, 주인공은 치열하게 절망하고 희망하며 분노하고 살아남는다. 어디부터가 현실이고 어디부터가 환상인지 알 수 없는 전개, 각 장 사이의 인과관계는 어떻게 이어지는지 끝까지 속 시원한 설명은 없지만 사실 그쯤이야 모르면 또 어떤가 싶다. 사소한 디테일에 매달려 있기엔 작가가 눈앞에 들이댄 언더그라운드의 세계가 너무나 현실적이고도 고통스럽기 때문이다.

'당신은 당신이 원하는 것을 갖지 못했다. 당신이 가진 것은 당신이 원하던 것이 아니다.'

화자가 끊임없이 되풀이하는 이 주장은 결국 독자를 향한 것이 아니라,

자기 자신에 대한 푸념이다. 자신의 기반을 잃고, 모든 것이 어긋났다는 것을 깨달았음에도 이제 되돌리기 위해 어디서부터 어떻게 손대야 하는지 더 이상 알 수 없는 이의 절망에 찬 자조다. 결국 망가진 삶을 피해서 그는 현실의 대들보를 자신의 손으로 무너뜨리지만, 현실도피와 환상으로 이루어진 세계가 과연 한 사람의 인생을 얼마나 구원할 수 있을까?

그럼에도 불구하고 탄력 있고 윤기 나는 피부 아래 시뻘건 근육과 흰 힘줄들이 엄연히 존재하듯이, 이런 언더그라운드는 이 세상 어느 곳에든 존재한다. 길을 걷다 발을 잘못 디뎌 넘어지듯, 인생의 어느 순간 세상으로부터 단절된 어떤 공간, 어떤 은밀한 집단 속으로 빠져들 수도 있다는 말이다. 어떤 의미에서, 인간은 오히려 이런 공간이 없이는 살아갈 수 없는 존재일지도 모른다. 잔인하고 차가운 땅거죽 위의 세계에서 도망 내려와, 자궁 속 심장박동 같은 지하철의 덜컹거리는 소리를 들으며 혼곤히 언더그라운드의 잠 속으로 퇴행하는 것. 지금도 누군가는 그 퇴행을 원하고 있으며 누군가는 그 언더그라운드에서 아직도 탈출하지 못했다.

p.s.
나의 언더그라운드는 홍대 기찻길 근처 지하 작업실이다. 친구가 운영하는 한 칸짜리 합주실이자 영화감상실이자 파티장이자 아지트인 그곳은 넓지는 않아도 엄청난 포스를 발산하는 곳이다.

친구들의 생일이거나 어느 커플의 기념일이거나 아니면 그냥 갑자기 서로가 보고 싶어질 때 술 한 병씩 사 들고 스멀스멀 모여드는 그 작고 반짝반짝한 공간은, 모일 땐 가벼운 마음으로 모이더라도 결국 해가 중천에 뜰 때까지 세상모르고 마시게 만드는 무시무시한 곳이다. 덕분에 한 달이면 몇 번씩, 작업실 주인의 친구는 지난밤 광란의 시간을 보내신 시체들을 치우느라 고생이고 정작 작업실 주인은 대개 그 옆에 또 다른 한 구의 시체로 곱게 누워 있다.

마음껏 불온하라

듀나, 『용의 이』

'결국 나는 후기에서 이야기 재료들의 출처를 밝히는 것으로 타협을 봤고 몇 년 동안 그렇게 밀고 나갔다. 그게 이치에도 맞는 것 같았다. 어차피 내가 상대해야 할 사람들은 대부분 장르 독자들이 아니니, 그들에게 필수적인 사전 정보를 제공해주면 독서 중 쓸데없는 곳에서 길을 잃지 않을 테니까.'

—『용의 이』 중에서

이것은 한 작가의 소설 후기의 일부다. 물론 흔히 그러하듯이, 작가의 말이 등장하기 전에 이미 감동적인 추천사와 해설이 줄줄이 흐드러진 뒤다. 하지만 오해하지 말기를. 이 말을 풀어놓은 당사자인 듀나가 말하고자 했던 결론은, 우리가 논술 모의고사를 준비했던 때처럼 '그럼에도 불구하고'를 포함하고 있으니. 같은 무게는 아니더라도.

우습게도 잡식을 하면 할수록, 가벼워지면 가벼워질수록 독서에 대해 더 많은 질문을 받게 되고, 더 많이 생각하게 된다. 아마도 학창시절 '고등학생이 꼭 읽어야 할 우리 단편 100선' 따위의 부작용일 거라 생각하지만, 유독 책에 있어서만은 아직까지도 잠들기 전이나 화장실에서 학문에 힘쓰며 읽는 사소한 글에서까지 뭔가 철학적인 구조를 만들어내고픈 나쁜 습관이 집요하게 남아 있기 때문인지도 모른다. 모든 예술적인 가치들이 해체되고 재구성되며 새로이 이름표를 달고 있는 지금, 유독 종이와 활자로 이루어진 이 매체가 이렇게 특별대우, 혹은 차별대우를 받는 이유는 무엇일까?

으흠, 악몽이 떠오른다. 어떤 선생님들은 고상하기 그지없는 작품을 한 반 60명, 총 열두 반에 내밀었고 그에 대한 어른스럽고 또 어른의 구미에 맞는 독후감을 요구했다. 어린아이들은 생각보다 영악해서, 그들이 원하는 문장을 족보를 통해 미리 숙지했고, 그걸 바탕으로 읽지도 않은 작품에 대한 감동적이고 분석적인 문장을 잘도 토해내곤 했다. 그 문장들의 공허함을 알고 있었던 건 같은 반에서 조용히 그 화려한 가식을 참아내고 있었던 학우들뿐.

솔직히 인정하자. 만에 하나 당신이 도道와 본질을 깨우치기 위해 사막을 가로지르는 연금술사가 아니라면, 마음 깊숙이 숨겨진 부패해가는 욕구불만은 언제나 당신의 손길을 기다리고 있다는 것을. 우아하고 따끈한 고급 녹차로 대신할 수 없는 상쾌하고 불쾌한 밀주의 기포 같은.

서점에서 듀나의 소설 『용의 이』를 집어 들었다면, 먼저 그 표지의 일러스트가 눈에 띌 것이고, 이후엔 추천사인지 헤드라인인지 카피인지, 아니면 세 가지 다인지 모를 '세계몰락 프로젝트 혹은 하드보일드 원더랜드 앨리스'라는 문장이 달려들 것이다. 사실은 나도 그 글귀에 호기심을 느껴 내 침대에까지 들이긴 했지만, 부디 이 문장 안에 이 이야기들이 들어앉지 않기를, 혹은 한정되지 않기를 바란다. 듀나의 이야기는 '세계몰락'이라는 자극적인 헤드라인 없이도 충분히 당돌하다. 대단한 분석이 없이도, 대단한 명분이 없이도, 서로 다른 공감과 서로 다른 차원을 이끌어낼 수 있는 이야기들. 그건 작가가 빚어낸 활자들만이 가진 힘이 분명히 존재한다는 증거다. 화려하고 고상한 가식이 배제된 듀나의 순수한 증오와 혼란과 판타지는 독자가 지금 이 순간 향유할 수 있는 직접적이고 즉각적인 감각이다. 아니, 이런 문어체적 표현마저도 그에 대한 모독이 아닐까 싶을 정도로 듀나는 펑크적이다.

다시 한 번 서두로 돌아가보자. 이야기 재료들의 출처들이라. 쓸데없는 곳에서 길을 잃지 않기 위해 밝히는 출처들에 더 이상 집착하지 말자. 아는 만큼 더 보인다지만, 그게 전부는 아니다. 듀나의 펑크 속에서 거리낄 것 없는 바디 블로우를 즐기자. 아빠가 좀비가 되고 행성이 식물이 되는 그 세계

듀나는 펑크적이다.
사소하면서 요원한 음습한 자유가
듀나의 세계 속에는 있다.
부디, 마음껏 뛰어들기를.

는 사실은 당신이 꿈꾸던 불온한 세계의 파편이다. 사소하면서도 요원한 음습한 자유가 듀나의 세계 속에는 있다. 부디, 마음껏 뛰어들기를.

p.s.

듀나는 인터넷을 기반으로 하여 활동하며 미디어 노출을 철저히 피하고 있다. 때문에 혹시 그가 배두나가 아니냐는 의혹이 자주 제기된다고 하는데, 그에 대한 본인의 해명이 명쾌하면서도 재미있다.

듀나는 '내가 진짜 배두나라면 이렇게 절박하게 글을 쓰고 있겠느냐'고 반문했다고 한다.

누구나 적어도 한 번은 고슴도치가 된다

뮈리엘 바르베리, 『고슴도치의 우아함』

친구와 늦게까지 술잔을 기울이다가 연애 얘기가 나왔다.

"자긴 이제 사랑이 뭔지 모르겠다더라구. 이상한 소리다 싶었는데, 이젠 나도 모르겠어."

"난 이래. 사랑하는 건 있을 수 있다고 보는데, 사귄다는 건 대체 뭐야?"

글쎄, 어떤 이들은 손만 잡고도 내 꺼라고 침 바르는 수도 있을 것이고, 어떤 선수들께서는 매일 밤 다른 사람 곁에서 잠이 들어도 '나는 화려한 싱글'이라고 주장하실 수도 있을 것이다. 게다가 워낙 쿨이니 뭐니 세상의 구습에서 벗어나 살아가시는 간지남녀들이 많다 보니 이제는 딱히 연인 사이의 배타적이고 독점적인 섹스를 '사귄다'는 명제의 필요조건으로 구겨 넣기도 애매해져버리지 않았나. 하지만 사귀는 사이가 됐든 사랑하는 사이가 됐든, 철학적 논리적으로 완벽한 결론을 내리지 않아도 사람들은 잘도 연애를 한다. 그들이 '꽂히는' 그 순간의 마법. 설렁탕에 밥을 말지 않는다거나, 말줄임표를 쓰지 않는다거나, 심수봉을 좋아한다는 사소한 이유 때문에 상대방을 '알아보는' 사고가 끊이지 않기 때문이다.

자기 자신의 알토란 같은 내면세계가 사랑스럽지 않은 사람이 어디 있을까? 외롭고 우울해서 세상으로부터 떨어져 나오고 싶은 사람들이라도, 사실은 '세상'이라는 막연한 대상에 분노했다기보다는 피 흘리는 자기의 세계를 동정하고 있는 것이다. 그렇기에 우리는 연애 속에서라도 '나와 같은 세계를 공유한' 누군가를 가질 수 있을 것이라는 희망을 품는다. 나의 유일함, 나의 아름다움, 나의 가치를 알아보고 나눌 수 있는 누군가. 적어도 그 '누군가'가 사실은 세상에 존재하지 않는다는 것을 마침내 인정할 수 있게 되기 전까지는.

뮈리엘 바르베리의 소설 『고슴도치의 우아함』은 그 사실을 너무 일찍 인정한 두 여자의 이야기다. 자신의 아름다움, 자신의 진가를 자기 자신만을 위해 소비하며 다른 이들에게 드러내지 않기 위해 안간힘을 쓰며 살아왔던 쉰네 살과 열두 살의 여자들. 극단적이고 적극적인 외로움을 택해 그 속에서 살아가지만, 그녀들은 전적으로 옳다. 현실에는 자신만의 섬세하고 소중한 세계를 왜곡시키거나 상처입히지 않고 사람들 사이에 드러내 소통할 수 있는 방법이 없기 때문이다. 하지만 통속 영화처럼 강요하고 구걸하며 결국 포기하는 어리석고 드라마틱한 전개 대신에, 이들은 자신의 확고한 세계 안에서 조용히 세상을 관찰하며 서로를 알아보고 이해한다.

이 소설이 전적으로 둘의 만남과 이후의 사건에 대한 이야기만은 아니다. 그러기엔 두 여자가 너무 늦게, 소설의 절반이 훌쩍 넘어가고서야 서로를 알아본다. 하지만 서로의 세계가 마주치기 전 각자의 독백은 뇌를 풀가동시켜야 할 정도로 지적인 자극을 주기도 하고, 그 예민하고 날카로운 세계에 동참하는 쾌감도 던져준다. 그렇게 르네와 팔로마의 내면을 따로 관찰하며 따라가다 보면 두 세계가 만나는 아름다운 장면, 함께 차를 마시고, 함께 시간을 보내고 싶어하고, 서로를 탐색하며 다가가는 감동적인 과정을 만난다.

누구나 인생에 적어도 한 번은 고슴도치가 된다. 자신을 지키기 위해서, 배신당했기 때문에, 아니면 다른 소통 방법을 모르기 때문에. 하지만 팔로마의 결론과 르네의 삶에 따르면, 자신이 구원받을 길은 남을 구원하는 방법에서 찾을 수 있을 뿐이다. 고슴도치의 내면이 우아할 수 있다는 것을 깨닫는 것도 멋지지만, 우리가 고슴도치가 아니기에 서로를 끌어안을 수 있는 인간이라는 것을 깨닫는 것 역시 감동적이다. 누구보다도 강하고 명철

한 갑옷이 필요한 세상이지만, 잠시나마 이 감동적인 깨달음의 시간을 허락하는 것. 이것까지도 안이한 나태함으로 받아들여지는 세상에 살고 싶지는 않다.

p.s.

『고슴도치의 우아함』은 전직 철학교사였던 작가의 작품답게, 소설 초반 르네의 독백에 철학적인 지식들이 담뿍 녹아 있다. 때로는 쫓아가기 쉽지 않을 정도지만 프랑스에서 10년 만의 이변이라는 평가까지 받으며 베스트셀러로 붐을 일으킨 만큼, 그 안에 녹아 있는 세상과 사람에 대한 성찰과 이해는 깊은 위로와 더불어 따뜻한 만족감을 준다. 단, 드라마틱한 전개를 원하는 독자에게 전반부는 지루할 수도 있다. 드라마보다는 개인의 세계를 따라가는 것이 더 즐거운 독서법일 듯. 개인적으로, 작가가 서문에서 직접 밝힌 '르네'의 탄생 배경이 재미있다.

이 책을 읽으며 가수 김창완 씨가 했던 말이 떠올랐다. "내가 우울을 떨친 건 대단한 경험이 아니야. 애인한테서 전화가 안 와서 짜증내다 전화가 오는, 인생은 그런 건 줄로만 알았어. 근데 어느 날 그 전화라는 게 원래 없는 거구나라는 걸 안 거야. 언젠가는 전화가 오는 게 아니라!" 몇 번의 상처를

거치면, 사람들은 이렇게 인생의 본질적인 고독에 직면한다. 하지만 인간이
영영 고슴도치일 수는 없다.

현실보다 더 현실 같은 이야기

로알드 달, 『맛』

우연히, 인터넷에 떠도는 어떤 글을 읽었다. 한때 온 나라를 들썩이게 했던 연쇄살인사건의 주인공에 대한 이야기였다. 바로 옆에 있던 사람이 목격한 사건의 실체를 써내린 그 글에는 언론이 다룰 수 있는 범위를 넘어선 더 잔혹한 현실이 담겨 있었다. 가슴속에 차오르는 공포와 슬픔, 그리고 서늘한 깨달음이 있었다. 사실 우리는 그 어떤 것도 똑바로 마주보고 있지 않다는 것.

뉴스는 논픽션이다. 하지만 그 슬프고 힘든 숱한 소식들 속에 파묻혀서도 그저 지낼 만한 것은, 아마도 헤드라인과 비극과 숫자로 구성된 뉴스 속 현실이 지극히 비현실적이기 때문일 것이다. 그러나 그 모든 것들은 실제로 일어나고 있는 일들이고, 찢어질 듯한 오열 끝에 가슴이 터져버리는 사람들은 TV브라운관 속에서만 사는 것이 아니다. 지금 여기 앉아 있는 건강한 내가 아무리 권태롭고 무심하더라도 말이다.

이상한 것은, 논픽션을 접하고 눈물을 터뜨리는 사람보다 픽션 때문에 가슴이 흔들리는 사람들이 일반적으로 더 많다는 사실이다. 편안해지기 위해 익숙해진 것인지, 익숙해졌기 때문에 편안해진 것인지는 알 수 없지만 어찌 됐든, 우리는 뉴스가 아닌 드라마를 보며 감정이입을 하고 카타르시스를 느 낀다. 주인공을 동정하고 응원하고 진심으로 함께 울고 웃는다. 주인공의 아픔이 내 아픔이 되고 주인공의 기쁨이 내 기쁨이 된다. 현실 속 나와 상관 없는 인간을 상대로는 거의 일어나지 않는 공명.

어디어디서 일어난 대형 참사, 희생자 몇 명, 복구비용 얼마, 이런 것보다 그저 나는 이 소설 속의 주인공이 제발 그 비극적인 결말만은 피해가기를 빌면서 가슴 졸일 뿐이다. 이미 책에 인쇄되어 있는 결말은 변할 수 없다는 것을 알면서도, 그렇기 때문에 내가 아무리 원하고 빌어봐야 소용없다는 것 을 훤히 알면서도 그렇게 마음을 졸인다. 혹여 바라던 대로 해피엔딩이 펼 쳐지면 기뻐하지만 마음껏 울도록 멍석을 깔아주는 비극적인 결말 또한 사 랑해준다. 그러면서 역시 픽션은 감정이입이 돼서 좋아, 카타르시스가 느껴 져, 하고 생각하게 된다. 그런데.

로알드 달만큼은 끊임없이 뒤통수를 친다. 그럴 리가 없어, 설마 하던 바 로 그 결말을 눈앞에 툭, 하고 던져놓는다. 아무리 그래도 일말의 여지만큼 은 남겨둬야 하지 않을까 하는 생각을 시원하게 배신하고 내놓는 그 도발적인 결말이란! 마치 검열을 거치지 않은 영화를 보는 것 같은 불편함을 맛보게 한다. 분명 소설의 결말을 어떻게 내는지는 작가의 자유임에도 불구하고, 로알드 달의 소설에는 '정말 이렇게 끝내도 되는 걸까?' 하는 생각마저 들게 하는 생경함이 있다.

해서 그의 소설을 읽으면서는 그 영리한 짜임, 그리고 그 엉뚱한 전개─현실 속에서는 웬만해서는 결코 일어나지 않을 법한─에도 불구하고 선뜻한 현실성을 느끼게 된다. 읽는 이를 배려하지 않는 무자비함, 다시는 되돌릴 수 없는 상태까지 망설임 없이 몰아가는 그의 결말은 타협 불가능한 차가운 현실을 닮아 있다. 달콤한 카타르시스를 허용하지 않는 그의 소설은 한마디로, 방송용어를 사용한 뉴스라기보다 차라리 목격자의 여과 없는 진술에 가까울 것이다. 아니, 좀더 날것인 무엇인가일지도.

우리가 뉴스에서 보는 모든 사건이 현실에서 일어나고 있는 이상, 내게 일어나도 이상할 것은 없다. 마찬가지로 '네가 주인공이라고 해서 너한테 나쁜 일이 일어나면 안 되는 이유가 뭐야?' 라고 말하고 싶은 듯, 로알드 달의 소설 속에서는 주인공들이라고 하여 특별대우를 받지 못한다. 동정받지도 못한다. 그저 심드렁하게, 결말을 받아들이는 수밖에는 없다.

현실이었다면 당연했을 일이, 소설이기 때문에 특이하게 느껴지는 것은 재미있으면서도 위선적이다. 이 불편하고 재기 넘치는 소설을 읽는 내내 로알드 달은 입가를 삐뚜름하게 비틀고 속삭인다. 네가 생각하는 현실도, 네가 원하는 현실도, 결국 현실과는 거리가 멀다고.

p.s.

로알드 달은 2005년 개봉한 팀 버튼 감독의 영화, 〈찰리와 초콜릿 공장〉의 원작자다. 영화의 화려한 비주얼 때문에 세세한 설정을 놓쳤다면, 자기 호흡대로 조절해가며 책으로 읽는 것도 새로울 것이다. 그 작품에서도 역시 로알드 딜은 마냥 편안한 해피엔딩은 별로 용납하고 싶지 않은 듯하다. 아이들을 대상으로 한 동화라고 하기 어려울 정도로, 그는 까칠한 풍자와 공포를 판타지라는 달콤한 초콜릿으로 덮어버린다. 중간중간 삽입되는 움파룸파족의 노래가사, 아이들을 둘러싼 배경과 사건들도 그냥 동화라고 하기엔 섬뜩하리만큼 비판적이다.

동화 『찰리와 초콜릿 공장』은 아이들보다는 오히려 식당이나 지하철에 드러누워 악쓰는 애들 기를 성심성의껏 살려주고 계신 이 시대의 엄마들에게 꼭 한번 권하고 싶다.

기억의 로맨틱한 허구성

온다 리쿠, 『유지니아』

나는 어린 시절의 기억이 다른 사람들보다 많이 희미한 편이다. 어떤 주요한 시기라든가 사건의 단편은 가지고 있지만, 공감각적으로 저장되어 있다기보다는 텍스트적으로 저장되어 있는 느낌이랄까. 예를 들어 이런 것이다. 미취학 아동이던 시절, 동화책의 맨 뒷장을 오려 '1,000원'이라고 쓰고 동네 구멍가게에서 과자로 바꿔먹고, 거스름까지 받아왔던 사실은 지금도 재미난 추억으로 기억하고 있다. 하지만 그때 내가 종이에 '1,000원'이라고 썼을 때 기분은 어땠는지, 진짜로 그게 돈으로 통용될 거라고 굳게 믿었는지, 혹시 들킬까 봐 두근두근했는지, 구멍가게 아주머니는 이 농담을 이해할 거라 믿으며 여유로웠는지 전혀 모르겠다. 때로는 1번 같기도 하고, 때로는 2번 같기도 한데 3번이었을 가능성도 있는 것 같다. 그러니까, 나는 이 특별한 사건을 마치 단편소설처럼 머릿속에 입력해놓고 되풀이해 반추하는 것으로 아직까지 기억하고 있을 뿐, 실제로 내가 느끼고 경험한 사실 그대로는 이미 소실되었다는 것이다.

온다 리쿠의 신작 『유지니아』는 2006년 '일본 추리작가협회상'을 수상한 작품이다. 내용상으로도 추리소설의 성격을 띠지 않는다고 할 수는 없다. 그럼에도 불구하고, 이 작품은 사건과 범인에 대해서보다는 줄곧 기억에 대해서만 이야기하고 있다. 소설의 대부분이 과거형으로 씌어진 소설. 그 안에 등장하는 다양한 화자들은 마치 그립기라도 하다는 듯이 과거의 한 시점을 중심으로 이야기를 풀어간다. 20여 년 전의 집단 독살 사건, 10여 년 전에 출간된 베스트셀러 소설, 그 소설을 쓰기 위해 신들린 듯 취재를 다녔던 한 여대생, 그 자취를 겹겹이 거슬러 올라가면서 이 소설은 얼기설기 거미줄을 싸간다. 일반적인 추리소설이라면 정교한 씨실과 날실의 교차 끝에 완성된 직물이 비로소 드러나면서 사소한 복선들이 맞아떨어지는 쾌감의 순간이 반드시 등장한다. 하지만 이미 온다 리쿠 스스로 '진상을 위한 미스터리가 아닌 것을 쓰고 싶었다'고 밝혔듯, 이 작품 내에서 고전적인 포와로 유의 해결사는 끝까지 나타나지 않는다. 견고한 트릭이나 음모 대신 등장인물 간의 엉성한 연결고리들과 불확실한 회상을 번갈아 보여주면서 인간 개개인의 감정이라는, 기억의 가장 크고도 중요한 부분을 전면에 부각시키는 것이다.

인간은 기계가 아니기 때문에 그 어떤 기억도 객관적일 수 없다. 심리학

자 대니얼 샥터는 기억의 왜곡이 일어나는 일곱 가지 경우를 '원죄'[sins]라고
까지 표현했을 정도다. 현실세계에는 허구에서와 같은 전지적 존재(작가)의
개입이 없기 때문에 무엇이 진실인지, 누구의 기억이 절대적인지 알 수 없
을 뿐이며, 그렇기에 자신의 기억이 진실이라고 믿고 살아갈 수밖에 없는
것이다. 『유지니아』의 등장인물들 역시 지극히 현실적이게도, 불확실하고
주관적인 기억들만을 늘어놓는데, 이러한 개인적인 기억들이 서로 어긋나면
서 기묘하게도 몽환적인 비현실감을 만들어낸다는 것은 참 재미있는 부분이
다. 과거를 중심으로만 돌아가고 있던 소설이 갑작스럽게 현재로 뛰쳐나오
는 후반부에서는 잠시 선뜻한 현실감각이 되돌아올 듯도 하지만, 끝까지 고
집스러운 작가 온다 리쿠는 '진상'이 아닌 '낭만'을 택한다.

　현재에서 시작했으면서도 끊임없이 과거로만 소급되는 이 작품은 '볼 수
있는' 수많은 등장인물들을 무시하고 아름다운 눈먼 소녀, 히사코의 심상을
통해 소설의 풍경을 꾸민다. 진하고, 선명하고, 차가운 파란색 방과 새하얗
고 아름답고 무서운 하얀 백일홍. 현실적인 기억이 모여들어 비현실적인 이
야기를 마련하고, 눈먼 소녀의 마음속 이미지가 더없이 섬뜩하고 아름다운
풍경을 그려내는 것이다. 시작부터가 아이러니인 이 아름다운 소설의 진상
을, 나는 온다 리쿠 자신도 모르고 있으리라고 짐작해본다.

‘거짓 기억 증후군’에 대해서 들어본 적이 있는가? 이 이론은 사람의 기억이 얼마나 취약하고 주관적인가를 증명하고 있다. 한 예로, 누군가의 어린 시절 사진 중에 인물 부분만 따로 떼어다가 열기구 같은 곳에 타고 있는 모습을 합성해서 본인에게 보여주면, 열기구 따위는 한 번도 타본 적이 없는 사람들도 그 기억을 생생하게 회상해낸다는 것이다. 상대방의 암시와 약간의 장치로 사람은 없는 기억을 인출해 내기까지 한다. 우리의 정체성은 이렇듯 취약한 기반 위에 형성되어 있다. 묘하다.

회색빛 폐소공포증

폴 오스터, 『기록실로의 여행』

폴 오스터의 신작을 사러 나갔다. 홍대 근처에 책 살 만한 곳이 어디 있느냐고 친구에게 물었다. 10년 전쯤엔 중, 고등학교 근처나 주택가에 작은 규모라도 꼭 서점이 있곤 했는데, 요즘은 서점이고 레코드점이고 찾아볼 수가 없다. 나도 명색이 홍대 주민 된 지 4년, 그렇지만 아직껏 제대로 된 서점을 본 기억이 없을 지경이니 뭐. 그래도 인터넷으로 책을 사는 건 왠지 체질에 맞질 않고, 대형서점까지 굳이 나가기는 귀찮아 10년 토박이에게 물었더니, 어떤 책을 사려고 그러는지 묻는다. "폴 오스터? 그건 아무 데나 가도 다 있을걸. 지하철역으로 가봐!"

글쎄, '지하철역에서도 파는 책'이란 말은 과연 모욕일까 칭찬일까? 미묘한 표현이기는 하지만, 어쨌든 어디에서나 팔 정도로 폴 오스터는 인기작가인 것이 사실이다. 딱히 다독가가 아니라고 하더라도, 책이랑 인연 끊고 살겠다고 맹세라도 하지 않은 이상 폴 오스터의 이름 정도 들어보지 않은 사람은 없을 것이다.

나는 『달의 궁전』을 통해 폴 오스터를 처음 만났다. 마치 핑크빛 네온사인이 눈앞에서 명멸하듯, 현실과 비현실을 오가며 마음의 가장 연약한 부분부터 기괴하게 비틀린 정신세계까지 풀어놓는 그에게 난 빠르게 빠져들었다. 게다가 그때는 마침 자폐적이고 수척한 하루키의 분위기에 질려 있던 무렵이라 폴 오스터가 보여주는 풍성한 색감, 피폐한 듯하면서도 입체적인 양감이 느껴지는 캐릭터들에 환호했던 것이다. 폴 오스터가 만들어내는 캐릭터 자체는 그다지 밝고 맑고 예쁘지 않지만, 그들이 당면하는 아이러니들은 극복되거나 해명되고, 비현실은 현실에 녹아들거나 받아들여지며 그만이 독특한 아름다움을 연출하다. 적어도, 이제껏 내가 알아온 폴 오스터는 불친절한 작가는 아닌 것이다.

그런데 이번 작품 『기록실로의 여행』은 이제까지의 폴 오스터보다 눈에 띄게 덜 풍만하고 덜 섹시한 느낌이다. 이 작품은 하나의 스토리 구조를 가진 소설이라기보다는, 작가 자신이 '글을 쓴다는 행위 자체'에 대해서 풀어놓은 한바탕 넋두리에 가깝다. 이전의 그가 보였던 우울함이 블랙, 세피아, 푸시아fuchsia 등 색채감이 느껴지는 우울함이었다면, 이번의 폐소공포는 그보다 훨씬 푸석한 회색의 우울함이랄까. 아마도 그건 연출되고 가공된 가짜 우울이 아니라 작가 자신이 피부로 느껴온 고뇌이기 때문일 것이다. 시종

폴 오스터 아저씨.
왜 그랬어요?
스트레스가 심했던가요?

갇혀 있는 답답함. 주인공의 혼란은 해결되지도 해명되지도 않은 채 순환된다. 기본적인 스토리가 정리되기도 전에, 작중화자는 성급하게, 그리고 본능적으로 또 다른 이야기를 풀어내기도 한다. 게다가 알 수 없는 제3의 힘까지 등장하며. 나는 읽는 내내 작가와 소설로부터 소외당하고 있었다.

어쩌면 작가들은 이렇게 어느 정도 시간이 지나면 글쓰기라는 작업 자체에 대해 이야기하고픈 욕구가 생기는지도 모른다. 그리고 누구나 그렇듯, 자기 자신을 파악하는 것이 세상에서 제일 힘든 일이기 때문에 이야기들은 한없이 난해해지는 것인지도. 끊임없이 이름표를 달아도 알 수 없는 힘이 자꾸 위치를 뒤죽박죽 섞어놓는다면 그 고충이 얼마나 클지는 짐작 가능하겠다. 게다가 자신의 피조물들이 생명력을 가지고 다가와 작가에게 끊임없이 책임을 요구한다면 그것만큼 피곤한 일도 없겠지.

하지만 역시, 그저 소설로 읽고 넘어가게 되지는 않는다. 그보다도 개인적으로 연이 닿는다면, 보약 한 제라도 지어 보내고 싶은 마음이랄까. 그 난해하고 산만한 스토리들 가운데서도 '바지에 실례를 할 정도로 비루한 노인'으로 자신을 묘사해야 했던 작가의 고뇌만은 너무나 생생히 전달되기 때문이다. 폴 오스터 아저씨, 왜 그랬어요? 스트레스가 심했던가요?

p.s.

그에 반해 존 파울즈의 『만티사』는 비슷한 맥락이라도 색기가 넘친다. 파울즈 역시 글을 쓰는 행위 자체를 소재로 소설 한 편을 써내는데, 그 역시 '힘센 뮤즈'들에게 휘둘리며 자신의 무력함을 호소하고 있지만 그는 폴 오스터처럼 지쳐 있지는 않다. 오히려 약간의 마조히즘 성향까지 보이며, 자신을 지배하는 문학의 오만한 가치를 기꺼이 인정하고 사랑하는 것이다.

미안하지만, 내 안에서는 존 파울즈 승勝이다. 그 누구라도, 공포스러운 미지의 세력과 싸우기보다는 아름답고 독선적인 여인과 싸우는 편을 택하지 않겠는가?

섹시한 세종

이정명, 『뿌리깊은 나무 1,2』

초등학교 시절, 나는 받아쓰기 시간을 가장 좋아했다. 잘난 체 좀 하자면, 거의 노는 시간이었달까. 초등학교 1학년 수준에 뭐 그리 어려운 단어가 나왔겠냐마는, 그래도 선생님 입에서 흘러나오는 단어 한 자 한 자를 받아 적으며 문자라는 단단하고 믿음직한 도구에 즐거워했다.

말이 연극이라면 글은 영화다. 글 이전에 말이 있었지만, 글은 이제 말을 뛰어넘어 말과는 별개로 스스로 존재하기도 하고, 원한다면 말의 순간을 잡아두기도 한다. 글이 없다면 우리 머리에서 나오는 생각, 그것이 구체화된 말은 그저 시간의 흐름과 함께 사라질 것이다. 아무리 훌륭한 사상이라 할지라도 그것이 입에서 입으로만 전해진다면, 생각을 말로 표현하는 과정에 소실되는 의미의 수백 수천 배가 소실되고 왜곡될 것이다. 실시간으로 떠오르는 생각을 잡아 두고 전달하며 계승하고 발전시키는 것도 글이 있기에 가능한 일이다. 글은 마법이다.

『뿌리깊은 나무』는 형식상 추리소설의 틀을 갖추고 있지만, 동시에 한글에 대한 사랑 넘치는 오마주다. 세종 25년, 훈민정음을 창제할 당시를 배경으로 일어나는 음모와 살인, 반대파들의 반발 등을 그리고 있는데, 이야기 구석구석에 훈민정음의 원리와 그에 관련된 옛 학자들의 이름이 실제로 등장해서 리얼리티를 돕는다. '우리 감성에 맞는 한국형 팩션'faction. fact와 fiction을 합성한 신조어로 역사적 사실 등에 작가의 상상력을 덧붙여 만든 새로운 문화예술 장르이라는 광고 카피에 정신을 바짝 차리지 않는다면, 자칫 역사적 사실과 픽션 사이에서 길을 잃을 정도이다. 숨 가쁘고 흥미진진하며 진지하게 내달리는 사건들을 마음으로 좇으면서, 몇 번이나 후회했는지 모른다. 중, 고등학교 시절에 역사 공부 좀 열심히 해둘걸. 아는 만큼 보인다지 않는가.

첫 장부터 읽는 이를 화끈하게 끌어당기는 이 소설은, 그런 의미에서 또 한 번 고마운 소설이다. 1권 말미에 제공된 세종대왕 연보를 함께 보다 보면, 클레오파트라나 알렉산더, 카이사르 같은 영웅들에 익숙해져 있는 머릿속에 세종이라는 멋쟁이가 또렷하게 떠오르는 것이다. 초등학교 교정에 뻣뻣한 모습으로 앉아 있던, 뭐 자정이 되면 그 책이 한 장씩 넘어간다는 소문의 소재에 지나지 않던 동상 세종이 명철한 청년 지도자, 인간 세종으로 재입력되는 과정은 참으로 송구스러울 만치 즐겁다. 왜 우리 멋쟁이들에 대한 영웅전은 찾기 힘들었던 것일까 의구심 이전에, 픽션으로나마 살아 있는 영웅을 만나는 재미가 있다.

비록 왕은 강녕전 깊은 곳에서 머무르며 소설 표면으로 드러나는 빈도가 높지 않지만, 사건을 쫓아가는 어린 겸사복 채윤, 무수리 소이, 지적이고 인간적인 집현전 학자들의 동선이 얽히는 가운데 독자들은 자연히 왕이 구현하려 했던 한글의 세계—부제학 최만리의 표현에 따르자면 그 '신묘함'—에 빠져들게 된다. 더불어 조금쯤 가슴이 부풀지도 모를 일이다.

추리소설의 묘미는 논리적이고 과학적인 해결과정에 있다. 하지만 애석하게도, 논리니 과학이니 하는 단어들은 일견 서구적인 이미지를 띠는 경향이 있다. 이 소설은 동양의, 그중에서도 조선의 과학들을 화려하게 펼쳐 보이며 세련되고 명석한 이미지로 시대를 재조명한다. 더 이상 외국소설의 번역체에 길들여져, 우리나라 작가의 책에서마저 얼토당토않은 번역체 문장을 보며 포기하고 있을 때가 아니다. 도포자락을 휘날리는 육모방망이 겸사복이, 침전 한가운데서 칼을 빼든 주상이 이렇게나 섹시하지 않은가!

리고 말았다. 요즘 인터넷 쇼핑몰을 찾아다니다 보면 어렵지 않게 기모노 스타일 블라우스니 미니 차이나드레스니 많이도 찾아볼 수 있는데, 여전히 한복은 '○○주단'에 가야만 맞출 수 있다. 물론 우리 문화가 고급스럽게 유지되고 있는 점은 고마운 일이지만, 내심 이제는 우리에게도 좀 캐주얼한 돌연변이가 더 많이 생겨날 때가 되지 않았나 하는 생각이 든다.

하다못해 만화를 봐도, 웬만큼 진지한 작품이 아니고서는 우리나라 캐릭터가 중국이나 일본풍 옷을 야하게 걸치고 있는 모습을 자주 볼 수 있다. 게다가 극동에서 태어나 동양의 문화를 함빡 받았어야 할 한국인들이 할리우드에서 수입된 젠 스타일을 따라하며 이도저도 아닌 동양을 주장하고 있다.

나는 기모노를 입고 날카롭게 록을 질러대던 시이나 링고가 부럽다. 동양 느낌을 내겠다고 차이나드레스에 기타를 매는 것도 이젠 자존심이 상한다. 언젠가 한복을 입고 한없이 섹시하고 강렬한 뮤직비디오를 찍는 것이 내 은밀한 꿈이다. 설마 그 옛날이라고 사람들이 그렇게 은근하고 단아하기만 했겠는가. 설마 세종대왕이 초등학교 석상처럼 그렇게 딱딱하기만 했겠는가. 설마 사람들이 그토록 이야기하던 요망함이 그저 그런 오해이기만 했겠는가.

한 가지 더. 얼마 전 기자 출신이라는 한 여행 작가의 여행기를 읽었다.

책 속에 적지 않게 등장하는 '되어진다' '동그라미가 쳐졌다' 같은 어색한 번역투 표현들을 보고, 대체 우리말이 언제부터 이렇게 많은 수동태를 허용했던가 하는 불편한 마음이 들었다. 영어식 표현에 길들여진 전형적인 현상인데, 학창 시절 수도 없이 외워댄 숙어 표현을 당연한 우리말인 양 쓰는 경우가 얼마나 많은지는 이제 '아무리 강조해도 지나치지 않다.' 정말로 아름다운 우리말은 그저 몇몇 진지한 작가들과, 그걸 읽을 만큼 정성을 들이는 몇몇 사람들만의 전유물일 뿐일까? 그럼 대체 말이란, 글이란 뭘까? 수천 년에 걸쳐 정교하게 다듬어진 지극히 아름답고 풍성한 예술품을, 그저 화이트보드 정도로만 활용하고 있는 것은 아닌지 슬픈 마음이 든다.

가끔은 페로몬 샤워를 해줘야 돼!

제레드 다이아몬드, 『섹스의 진화』

주말의 홍대는 한껏 들뜬 젊은이들로 붐빈다. 루즈하고 히피다운 옷차림을 한 홍대 토박이들, 주말을 이용해 클럽을 찾아온 반짝반짝 윤 낸 아이들이 뒤섞여, 그다지 넓지 않은 동네에서 각자에게 어울리는 장소를 찾아다니는 날이다.

그중 한 라이브클럽에서, 어떤 밴드의 공연을 보았다. 전원 남자로만 구성된 4인조 밴드는 잘 단련된 웃통을 벗고 격렬히 기타로 작두를 타면서 객석을 향해 아리따운 살 냄새를 흩뿌리고 있었다. 여기보다는 대학 도서관이 더 잘 어울릴 것 같은 얌전한 외모의 파란 원피스가 음악에 맞춰 긴 갈색 머리를 기특하게도 미친 듯이 흔들어대다가, 마침내 한마디 했다. "아, 역시 가끔 이렇게 페로몬 샤워를 해줘야 해!"

지구상에 인류가 존재한 이래 생식 능력이 있는 모든 남녀는 언제나 이성을 찾아 헤매왔다. 그건 모니카 벨루치도 화장실에선 얼굴을 빨갛게 일그러뜨리면서 힘을 준다는 것만큼이나 분명한 사실이다. 단아한 피부의 파란 원피스는 청순한 커피 한 잔의 독서만 하는 게 아니라, 가끔 땀투성이 기타리스트의 격렬히 움직이는 몸을 보며 스트레스를 푼다. 비록 그것이 흔히 기대하는, 특히나 남성들이 기대하는 파란 원피스의 스테레오타입에서는 너무나 동떨어져 있을지라도, 미안하지만 어쩔 수 없다. 몸에 수분이 부족하면 목이 마르듯이, 그녀에겐 그 당시 '액션기타分'이 부족했으니.

이렇게 조선시대 열녀문 이후로 사람들은 계속해서 이성의 기대를 좌절시키고 있다. 여자는 비너스, 남자는 마르스, 다른 별에서 온 외로운 외계인끼리 한번 마음 맞춰 잘살아보세 하고 얘기가 끝나면 참 좋을 텐데. 하지만 이성들끼리 서로의 기대를 비껴가며 신경 곤두서는 줄다리기를 하는 데에는 마음보다 더 뿌리 깊은 이유가 있다고 말하는 학자가 있다. 생존을 위해, 내 유전자를 남기기 위해, 좀더 효율적으로 우수한 유전자를 보존하기 위해 움직이는 원시의 리비도가 사실은 그 원인이라고.

왜 동물에게는 있는 발정기가 인간에게는 없는가? 왜 인간은 자손을 남기는 의무를 다하고 나서도 그렇게 오래 살아남는가? 왜 인간은 바람을 피우면서도 일부일처제를 선택했는가? 술자리에서 한 번쯤은 나왔을 법한 주제에서부터, 왜 인간은 자손을 남긴다는 본래의 의미에서 벗어난 섹스에 그렇게도 집착하는가, 남자는 왜 유선을 가지고도 젖을 먹이지 않는가, 섹시하다는 것은 무엇인가 등 평소에 궁금해야 할 필요성도 느끼지 못한 주제까지 다루고 있다. 재미있는 것은, 박사이자 교수인 저자의 글답게 시종 분석적이고 객관적인 어투를 고집하면서도, 너무나 당연하게 받아들이고 있던 사실까지 고개를 끄덕이며 진심으로 궁금하도록 만든다는 것.

사실, 이 책을 읽는다고 해서 성에 대해 완벽하게 정리된 견해를 가지게 되리라고 기대하기는 어렵다. 또 어떤 갈등에 대한 해답을 얻을 수도 없을 것이다. 때로는 감탄하고 때로는 거부하면서, 원하는 부분만 기억하여 자신의 욕구와 불만을 합리화시키는 정도가 가장 현실적인 사용법이 아닐까.

하지만 분명히 제목만으로도 읽고 싶어지는 건 사실이다. 동물보다 너무 잘난 인간들이 자손 유지가 아닌 자아실현을 위해 태어났다고 해도 섹스가 끊임없이 궁금한 건, 끈질기게도 잘 살아남은 내 안의 원숭이니까. 더욱이 술자리 작업용 화제를 원하는 남자에게도, 그런 남자에게 한 방 먹일 만한 지식을 찾는 여자에게도, 이 책은 분명 인터넷에 돌아다니는 수많은 연애 팁들보다는 쓸모 있는 정보를 제공할 것이다.

p.s.
하지만 그 무엇도 사랑에 대해서 설명해주지는 않는다. 그러므로 이 책

"아, 역시 가끔 이렇게
페로몬 샤워를 해줘야 해!"

은 실연한 지 얼마 안 된 사람에게는 절대로 추천하고 싶지 않다. 자칫 날 버리고 가버린 남자를, 다른 놈이랑 눈 맞은 여자를, 유인원 차원으로 끌어내려 억지로 이해해버리고 혼자서 악의에 찬 웃음을 웃게 될 가능성이 매우 농후하다.

내가 그랬다.

인간에게 다부다처제를 허하…… 할까?

박현욱, 『아내가 결혼했다』

어디까지나 연애관계에서의 이야기지만, 한때는 이런 생각까지 한 적도 있었다. 세상에 존재하는 인간이 짝을 지을 수 있는 경우의 수만큼이나 많은 사랑이 존재할 텐데, 게다가 그걸 관통하는 하나의 개념을 결정짓기도 모호한 마당에, 애시당초 '사랑'이라는 말이 무슨 쓸모가 있을까 하는. 아예 사랑이라는 말을 없애버리는 것이, 그 감정의 본질을 표현에서 소외시키지 않는 방법이 아닐까 하는 과격한 생각이었다.

한창 사귀고 있는 커플들끼리도, '사랑해'라는 말에는 서로 다른 의미를 부여한다. 만의 하나 같다고 해도, 정말로 그게 같은 의미인지 다른 의미인지는 전지적 시점에서 보고 있는 신이 아닌 이상 확인할 길도 없다. 텔레파시를 사용해서 언어 외적으로 소통할 수 있는 신인류가 나타나기 전에야, 우리는 아마도 영원히 자기 안에 있는 사랑만을 주장하고, 자기 안에 맺힌 상대방의 반영만을 사랑할 수밖에 없을 것이다. 그러니 아예 사랑을 '사랑'으로부터 해방시켜주는 게 어떨까?

대부분 이런 식의 해석은 한 여자만을 사랑하기 싫은 남자들의 매끈한 변명으로 잘도 이용돼 왔다. 이것도 사랑이고 그것도 사랑이라며. 소설『아내가 결혼했다』가 이 식상한 이야기를 파격으로 바꾸어놓을 수 있는 것은, 그것을 주장하는 이가 '아내' 이기 때문이다. 게다가 눈에 확 띄는 미인이나 기가 센 여자도 아닌, 70점 정도 미모를 가진 얌전한 여자이기에 더 그렇다.

팜므파탈은 언제나 존재해왔다. 그녀는 이야기를 주도하기도 하고, 이야기의 주체가 되기도 한다. 남성들의 열망의 대상이 되고, 그의 인생의 주인이 되어 파멸로 이끌기도 한다. 남자는 그녀를 만나서 순식간에 그녀의 매력에 휩싸이고 자신의 인생을 그녀의 아름다운 젖가슴 속에, 흑단 같은 머리칼 속에, 빠져들 듯한 눈망울 속에 묻어버린다. 하지만 이토록 존재감이 없는 팜므파탈은 처음이다. 그녀의 첫인상은 삼성동이나 역삼동쯤에서 흔히 지나칠 것 같은 깔끔한 직장여성의 전형 같은 것이다. 전형적인 팜므파탈을 만난 남자는 그의 여신님에게 점수 따위 매길 여유가 있을 리 없지만 우리의 주인공은 언제나 그랬듯, 태연하게 여자에게 중상中上 정도의 점수를 주고 있으니까. 하지만 여자가 그 사실을 알고 있었다 하더라도 크게 화를 내거나 자존심에 상처를 입지는 않았을 듯싶다. 아마도 '남자들이 다 그렇지 뭐' 정도 생각하지 않았을까. 어쨌든, 그녀는 〈글루미 선데이〉 유의 자궁심 높고 자의식 강한 여신님 과科는 아니란 말씀.

　솔직히 여주인공이 조금이라도 더 섹시했다거나, 조금이라도 더 투쟁적이었다거나 했다면 소설의 재미는 반감했을 것이다. 얼굴에 '난 섹시하고 분방한 여자예요, 나 잡아봐라~' 하고 씌어 있는 여자가 결혼제도를 거부하고 나섰다면 분명 사람들은 '그러면 그렇지' 했을 테니까. 그 여자들이 제도를 부정하는 근거를 깊이 있게 들여다보기도 전에 말이다. 마치 남자 주인공이 길거리에 지나다니는 젊고 예쁜 모든 여자들을 유흥업소 직원이라고 생각하는 것처럼, 아니면 만원 지하철의 성추행범이 '노출의상을 입는 건 만져달라는 거지'라고 생각하는 것처럼. 하지만 그녀는 그런 '방탕하고 분방한' 여자의 스테레오타입에서 벗어나 있는데다, 그녀의 권리는 이미 합의를 통해 확보된 상태이기 때문에 우리의 불쌍한 남자 주인공은 그녀의 '부도덕함'에 화를 낼 수도, 비난할 수도 없는 것이다.

　이 소설은 서로 다른 사람의 서로 다른 사랑에 대한 이야기다. 그중 한 사람이 그동안 허용되어온 전형적인 사랑의 형태에서 벗어나 있을 뿐. 다행히 이 책을 읽은 여자들은 복잡한 생각에 빠질 필요가 없다. 그저 목소리 높일 필요도 없이 당연하다는 듯, 자기의 연애 방식을 고수하는 여자의 모습을 보면서 낯선 사람의 생경한 사랑을 보고 즐기면 그만이다. 하지만 아마도 남자들이라면 이 책을 읽고 조금은 불편한 마음이 들지도 모르겠다. 안심하시길. 적어도 나는 이 책을 다 읽고서도 결혼에 대한 동경이 조금도 줄어들지 않았으니까.

p.s.

유메마쿠라 바쿠의 원작소설을 만화화한 오카노 레이코의 『음양사』에는 주인공 세이메이가 이런 대사를 하는 장면이 나온다(원작 소설에도 등장하는 구절이다). '눈에 안 보이는 존재조차 이름이라는 저주로 속박할 수가 있지. 남자가 여자를 사모하고, 여자가 남자를 사모하는 그 마음에 이름을 붙여서 속박하면, 사랑이 되지.' 뒤이어 세이메이의 단짝인 히로마사는 이렇게 응수한다. '하지만 사랑이란 이름을 붙이지 않아도 남자는 여자를, 여자는 남자를 사랑하겠지.' 어쩌면 사랑을 하면서 따라오는 모든 갈등과 상처들은, 우리가 서로 다른 대상에 같은 이름의 저주를 거는 바람에 치르는 대가는 아닐까.

어쨌든 나는 서른이 되었다

김영하, 『퀴즈쇼』

김영하의 신작 『퀴즈쇼』의 마지막 장을 덮었을 때, 시계는 새벽 4시 47분을 가리키고 있었다. 안 그래도 피곤한 하루를 보냈던데다, 아침 8시 반이면 일어나야 했기 때문에 의무감에라도 잠을 청하려 했지만 결국 5시 2분 현재, 난 뒤척임 끝에 일어나 노트북을 마주하고 있다. 소설 속 민수가 언제나 하릴없이 마주하고 있던 그 노트북인 양.

사실, 나는 이 소설이 일간지에 연재되던 당시 김영하 작가를 만날 기회가 있었다. 거창하게도 대담 인터뷰라는 형식으로. 대담이 뭔지, 무슨 소리를 주고받아야 하는지 개념조차 없던 어정쩡한 이 어린 여가수 때문에 결국 인터뷰는 기억해내기도 낯 뜨거울 지경으로 마무리되고 말았지만, 어쨌든 한 권의 소설로 묶이기 이전에 난 이 글을 이미 일부나마 읽었다는 말이다. 그때 김영하 작가는—아마 내 수준에 맞추기 위해 어쩔 수 없었겠지만—젊은이들의 성향이라든가 사이버공간에서의 경험, 통신수단의 변화와 연애 같은 비교적 가벼운 주제를 거론했다. 작가는 이 소설에서, 아바타 뒤에서 얼굴을 붉혀본 이들에게 '너희들은 외롭지 않다'고 말하고 싶었다고 하는데 글쎄. 왜 이 소설을 덮은 나는 그렇게 찬란하고 따뜻한 기분이 들지 않는 것일까.

주인공 민수는 80년생이다. 민수의 뮤즈인 지원도 80년생이다. 둘은 PC통신의 퀴즈방에서 처음 서로를 만나고, 록그룹 '뮤즈'Muse의 〈Unintended〉를 들으며 서로를 알아본다. 민수는 대충 연남동, 서교동, 합정동, 한마디로 '홍대 앞' 언저리를 홈그라운드로 해서 이모티콘과 'ㅋㅋ' 따위 전문용어(?)까지 구사해가며 문자로 연인과 대화하고, 데이트는 삼성동 코엑스 아쿠아리움에서 한다. 전형적인 80년대생의 행동반경이랄까. 그들이 첫 데이트를 했던 버섯전골집, 민수의 단골 닭볶음탕집에서 한 번쯤은 민수와 마주쳤을 것도 같다. 하지만 연인이 부리는 가증스런 기예를 단계별로 파악할 줄도 알고, 퀴즈방에서 웬만큼 이름을 날릴 정도로 아는 것도 많은 우리의 '애버리지 민수'는 왠지, 삶의 기반이 한바탕 흔들린 뒤 자꾸만 현실에 뿌리를 내리길 주저한다. 대책도 없이 편의점 아르바이트를 때려치우질 않나, 잘 알지도 못하는 사람들의 말에 들떠서 TV방송엘 나가질 않나, 나중엔 멀쩡한 애인 놔두고 안드로메다 급 방황까지 서슴지 않는다.

한마디로, '넌 똑똑한 애가 대체 왜 그러니, 남들보다 부족한 게 뭐가 있어서!' 라는 그 흔한 문장을 캐릭터로 옮겨놓은 것이 바로 우리의 주인공이다. 그 어떤 세대보다 아는 것도 많고 졸업장도 자격증도 많지만 '하나만 잘하면 평생이 보장되었던' 기성세대들로부터 자꾸만 내쳐지는 2000년대 후반 바로 지금의 20대. 분노하면서 동시에 위축되고, 적응하려 하면서도 어디선가 폭발하고 마는 지금의 나, 내 친구, 혹은 신문 사회면.

그렇게 20대의 파란과 연애와 도피를 고스란히 겪어가는 민수의 일상은 그 흥미진진한 전개에도 불구하고 가볍게 지켜보기엔 어딘가 불안하다. 아마도 '벽 속의 요정' 이 '지원' 으로 바뀌었을 때 그가 느낀 미묘한 거리감의 크기만큼. 아니면 그의 삶에 내 삶이 겹쳐진다고 느끼는 정도만큼. 작가는 이 책을 읽는 사람들이 행복했으면 좋겠다고 했다. 음, 행복한 것 같다. 하지만 기쁜지는 모르겠다. 내가 이 20대를 아무렇지도 않게 되돌아볼 수 있게 되면 그때쯤 알 수 있을까. 대충 나와 비슷한 또래일 거라고 내 멋대로 상상하는 그대는 과연 이 소설 속에서 어떤 친구를 발견할까? 방황하다 현실을 찾은 청춘? 어느 시대에나 존재해온 고전적인 룸펜? 루저들의 독특한 정신세계? 아니면 또 다른 '은어낚시통신' 을 발견할지도 모를 일이다. 어쨌든 나는 이제 서른이 되었고 민수는 스물아홉이 되었다.

나는 PC통신을 남들보다 꽤 빨리 접한 편이다. 초등학교 5학년 때쯤이었던 것 같은데, 얼리어댑터 기질이 있었던 아버지 덕분에 당시 '케텔'이라고 불리던 한국통신의 서비스를 처음 이용했었다. 이후 천리안이 나오면서 이용자들이 대거 몰리기는 했지만, 나는 케텔이 코텔을 거쳐 하이텔이 될 때까지 계속 충성스러운 케텔 이용자였다. 당시에는 지금처럼 화려하고 아기자기한 인터넷 채팅 사이트 같은 것이 없어서 대화방에는 파란 화면에 투박한 흰 글씨만이 오갈 뿐이었지만, 이 넓은 하늘 아래 누군가가 나와 같은 화면을 보며 교감하고 있다는 것은 그 무엇과도 비교할 수 없는 짜릿함이었다.

그런 하이텔도 지난 2007년 초, 서비스를 종료하였다. 기분이 이상하다. 나는 하이텔의 시작과 끝을 공히 보고 있었다. 안녕, 이불 뒤집어쓰고 거실에서 단말기 훔치던 날들이여. 영어 말하기 대회를 앞두고 영어방에서 리허설하던 날들이여. 집에 아무리 전화해도 통화 중이라며 엄마한테 뚜드려 맞고, 전화비 나와서 한 번 더 맞던 날들이여.

호란의 책장

지적으로는 보이고 싶지만, 머리 아픈 것은 싫다면 만티사를 읽어보라. 존 파울즈는 이 소설 속에서 문학과 자신의 관계에 대해 묘사하는데, 때론 가학적이고 때론 수동적으로 화자를 유혹하는 그의 '여자'들은 문학적인 영감을 상징한다는 것을 알고 읽어도 너무 야하다. 그렇기 때문에, 그녀들의 섹시한 모습에 푹 빠져 있다가도 누군가가 물어오면 지적인 얼굴로 '음, 미국의 유명작가 존 파울즈가 자신의 문학과 영감에 대해 이야기한 책이지'라고, 무척이나 정직하게 대답할 수 있다는 미덕을 가진다는 말씀. 물론, 함의를 생각하며 읽으면 쾌감이 배가됨은 당연하다.

고전이라는 이름에는 슬프게도 이미 텁텁한 이미지가 씌워져버렸다. 고교필독서 목록 등을 강요받던 시절의 후유증이겠지만, 한 번쯤 선입관을 버려보면 어떨까. 한 문장, 한 문장, 의미 없이 낭비되지 않으며, 등장하는 복잡다단한 캐릭터 하나하나에 대한 애정과 연민이 넘치는 도스토예프스키는 '숭고하다'는 표현이 따분하고 답답한 단어로 전락한 오늘날에도 어쩔 수 없이 숭고하다. 역시, 몇 번을 읽어도 서로 다른 부분에서 다른 충격과 감동을 선사하는 대가다.

커트 보네거트, 『고양이 요람』

작년 말, 커트 보네거트가 세상을 떠났다. 하지만 그때도 지금도, 거장 서거에 대한 비통함이 넘치는 분위기는 아니다. 오히려, 그의 팬들은 지금쯤 그가 창조해낸 판타지의 세계 속에서 신나게 노니는 그의 영혼을 상상한다. 죽음도 그의 위트에 구름을 드리우지 못할 만큼, 보네거트는 역동적인 에너지로 넘치는 작가다.

그러한 그가 인간의 탐욕과 세계의 종말을 이야기한다. 지나치게 암울하지도, 그렇다고 간단하지도 않다. 그리고 그 안에는 마치 판도라의 상자 속처럼 마지막 사랑이 남아 있다.

마리 다리외세크, 『암퇘지』

평소에 취향이 독특하다는 소리를 자주 듣는 사람이나, 남들과는 다른 색다른 자극을 찾아 헤매는 이라면 이 소설이 어울린다. 그만큼 『암퇘지』는 쉽고 편안하게 다가갈 수 있는 작품이 아니기 때문이다. 분비물이나 배설물 같은 인간 내면의 터부를 마리 다리외세크는 거의 폭력적일 정도로 코앞에 강요하지만, 진실을 마주할 준비가 되어 있다면 한번 도전해보라. 의외의 쾌감을 발견할지도 모르는 일이니. 참고로 원제인 'Truismes'은 '암퇘지'라는 의미와 '트루이즘'(현실주의)이라는 중의적 의미를 띠고 있다는 것도 생각해볼 만하다.

프란츠 카프카 외, 『환상동화』

잠시 쉬어가는 벤치에서, 떠나는 기차 안에서, 잠들기 전 침대 속에서 잠깐 외로움을 달래며 읽기에는 단편집만 한 것이 없다. 게다가 일상을 떠나 잠시 노니는 여행지만큼 환상동화가 어울리는 곳이 있을까. 때로는 아기자기하고, 때로는 그로테스크하고, 때로는 단순무구한 대가들의 단편들은 아름다운 삽화와 함께 여행지에서의 좋은 친구가 되어줄 것이다. 프란츠 헤셀의 「일곱 번째 난장이」를 발견한 것도 하나의 수확.

오쿠다 히데오, 『면장선거』

전작 『공중그네』의 속편. 의학박사 이라부는 여전히 뻔뻔한 비만 선생이고, 간호사 마유미짱은 이전의 소극적인 모습에서 조금 더 거침없어졌다. 자신의 사회적 위치와 지나치게 견고해져버린 겉껍질 때문에 각종 신경증

적 증상을 보이는 유명인들, 그리고 상식을 뛰어넘는 이라부가 그들의 방어막을 해체시켜버리는 과정을 보고 있자면, 지금 내 방어막은 무엇일까, 나는 무엇을 그렇게도 지키고 싶은 것일까 생각해보지 않을 수 없다.

에밀 아자르, 『가면의 생』

이미 대가로 인정받은 뒤에, 로맹 가리는 본명을 숨기고 에밀 아자르라는 이름으로 소설을 발표하기 시작한다. 로맹 가리가 무려 40년 동안 집필한 이 소설은 마치 그의 혼란된 정신 자체를 반영해놓은 것만 같은데, 자칫 숨은 의미를 찾아 행간을 지나치게 살핀다면 너무 어려운 소설이 될 것이다. 책의 주제를 파악하는 것은 읽는 이의 몫이겠지만, 대입시험 식의 정리된 해석을 찾기보다는 한 사람의 삶과 고통에 대해 관조하는 입장으로 읽는다면 의외로 공감대를 찾을 수 있을 것이다.

알랭 마방쿠, 『아프리카 술집 외상은 어림없지』

언젠가는 나도 이런 술집의 '깨진 술잔'이 되어 있었으면 좋겠다. 연중무휴 24시간 영업 중인 '외상은 어림없는' 술집에 죽치고 앉아서 오가는 사람들, 그들의 낯익은 얼굴들을 기록해갔으면 좋겠다. 소설 속에 모인 주정뱅

이들의 알코올 기운 물씬 배어든 정신 나간 이야기 속에는, 역사 속 위대한 발견보다도 현실에 맞닿은 질펀한 삶이 있다. 소설 속에 녹아들어 있는 다른 수많은 작품들을 발견하는 것도 즐겁다.

김훈, 『남한산성』

잘된 역사물이 가지는 미덕은 이런 것이 아닐까. 선조가 지나온 역사가, 우리가 수업에서 배웠던 내용들이, 교과서 속 죽어 있는 몇 줄 기록이 아니라 실제 사람들의 삶으로 얽혀 있다는 것을 피부로 느끼게 해준다는 것. 작가는 한 인터뷰에서 '읽는 내내 독자를 괴롭히고자' 이 작품을 썼다고 말했는데, 그 말이 무색하지 않게 담담하면서도 묵직한 그의 필치는 큰 카리스마로 다가온다.

유메마쿠라 바쿠(원작), 오카노 레이코(만화), 『음양사』

『음양사』는 일본에서 소설로 발표된 이래 영화로도 제작되는 등 꾸준한 호응을 얻어왔다. 만화『음양사』는 전통적인 판타지로 시작해서 점차 음양오행설이나 고대 기하학 등에 무게를 두며 역사적 사실에 의거하여 이야기를 풀어내고 있는데, 유려한 그림체, 과거 일본의 우아한 귀족문화를 엿보게 하는 캐릭터와 배경들은 만화『음양사』를 단순한 만화 이상의 작품으로 끌어올린다. 허구와 사실史實을 적절히 배합하여 독자를 일본 고유의 판타지 속으로 이끄는 고급스러운 작품이다.

3

호란, 사람과 속삭이다

내 어머니

유치원에 다닐 무렵일까, 정말로 아무것도 모르던 시절 우리 남매는 어머니에게 펭귄이라는 별명을 지어드렸다. 소아마비 후유증으로 다리를 저시는 모습이 우리에겐 그렇게 보였던 것일 텐데, 철없는 어린것들이 멋도 모르고 하는 말에 어머니는 한 번도 화를 내지 않으셨던 기억이 난다. 지금 생각하면 쓰는 것조차 가슴 아픈 일이지만.

하지만 우리가 그 별명에 죄책감이나 악의를 느끼지 못했던 것은 단순히 야단을 안 맞았기 때문만은 아니다. 그것이 금기라고 느껴야 할 만한 단서를 어린 우리는 발견할 수 없었던 것이다. 그러기엔 어머니는 언제나 너무 당당하고, 밝고, 아름다웠으니까.

실제로 우리 어머니는 아주 미인이시다. 80년대, 구불구불하게 세팅된 머리에 느슨하게 주름 잡힌 진녹색 원피스를 입고 체인목걸이를 늘어뜨린 어머니의 모습은 어린 내 눈에도 언제나 가슴 뿌듯하게 아름다웠다. 하얀 가운을 입고 책상 뒤에 앉아 우는 어린애들의 배를 진찰하는 모습도 한껏 자랑스러웠다. 때문에 어느 해 여름 놀러간 바닷가에서 한 떼의 남자애들이,

엄마와 엄마를 부축하고 있는 나를 보고 한바탕 떠들썩하니 소란을 피우고 갔을 때도 나는 그 소란의 의미를 이해하지조차 못했다. 그때, 어머니는 내게 물었다. 부끄럽지 않느냐고. 왜 부끄러워야 하느냐고 되물은 건 내가 무지하게 착한 아이였기 때문이 아니다. 그 부끄러움을 내게 알려주지 않은, 아니 아예 부끄러움의 기미조차 가지지 않았던 어머니의 강함 때문이다.

나는 어머니의 어린 시절을 모른다. 어떤 사춘기를 거쳐 어떤 눈물을 흘리고 어떤 마음으로 의사가 되었는지 알 수 없다. 그렇기 때문에, 예민한 시절 분명히 어머니의 마음에 영향을 끼쳤을 그 다리가 이제는 어떻게 내면화되고 어떻게 자리 잡았는지도 알 수 없다. 하지만 내가 태어나서부터 지금까지 보아온 나의 하나뿐인 어머니는 그 누구보다 건강하고 아름다우며 강하다. 자신이 가진 빛으로 자가발전을 하고도 남아서 다른 사람에게 나눠주기 바쁘다. 그렇게 되기까지 어머니가 거쳐왔을 시간과 눈물을 가늠할 수는 없지만, 적어도 나는 별 노력 없이 이렇게 멋진 어머니를 가질 수 있어서 참 행운이다.

사실 난 혼자 은밀히 어머니를 '체리핑크생크림베베' 라고 부르고 있다. 마치 딸기쇼트케이크 같은 달콤한 소녀다움을 아직도 간직하고 계신 분이기 때문이다. 그 내면에 간직된 끝없는 강함, 때문에 난 이제껏 내 어머니를 만나고 즐거워하지 않은 사람을 보지 못했다(몇몇 소심한 남자친구들을 제외하고는).

하긴, 이 세상의 모든 모녀지간이 그렇듯이 그런 어머니도 딸인 나와는 꽤 자주 투닥거리며 전투를 벌이곤 하는데, 아마도 나는 겉으로는 '딥퍼플 펑크아나키'인데다 내면은 대책 없이 약한 것이 어머니랑 정 반대이기 때문일 거라 생각하고 있다. 그래도 뭐 어떤가. 외할머니가 항상 우리 어머니에게 얘기했듯, 그리고 결과적으로 어머니가 나를 낳았듯, 나도 언젠가는 어머니의 저주(?)대로 꼭 나 같은 딸을 낳아서 엎치락뒤치락 살게 될 테니. 그 때 그 딸이 지금 내가 어머니를 존경하는 만큼만 나를 생각해준다면 난 인생 성공한 셈 칠 수 있을 것 같다.

빈티지의 아름다움

진짜 카메라광들이 들으면 웃을지 모르지만, 스물네 살에 마련해 아직까지도 내 보물 목록 중 하나로 자리 잡고 있는 카메라가 있다. 60년대에 제작된 목측식 수동카메라, '롤라이35'가 바로 그것이다. 담뱃갑보다 과히 크지도 않은 사이즈지만, 장난감이 아니라고 온몸으로 주장하듯 전해지는 뿌듯한 중량감, 독특한 렌즈 경통과 ASA, 조리개 다이얼, 클래식한 블랙 앤 실버 바디에 귀여운 셔터 소리. 여기에 성실하게 반응하는 앙증맞은 아날로그식 노출계까지 더해지고 보면, 어쩌면 이렇게 사랑스러운 카메라가 다 있을까 싶다.

어쩌면 요즘 트렌드에 '빈티지 취향'이란 차별화를 원하는 일부 패션피플들의 스노비즘일 수도 있고, 아니면 단순히 얼리어댑터가 되지 못한 이들의 소박한 반항일 수도 있다. 따지고 보면 빈티지의 아름다움을 아무리 부르짖어 봐야, 거금을 들여 고가구를 수배해놓은 고급스러운 방에서 자기 나이보다 오래된 술을 홀짝이면서도 노트북과 휴대폰 없이는 아무 일도 할 수 없는 게 요즘 우리들이니까.

하지만 빈티지한 디자인에 다시 한 번 눈이 가게 하는 또 하나의 이유가
있다. 희소성이 가져다주는 차별화, 느린 호흡의 세련됨이 아니더라도, 이
낡은 롤라이35에 손이 한 번 더 가고 더 아끼게 되는 이유. 낡은 디자인이
가진 최대의 미덕, 바로 솔직함이다.

유선형, 은회색 컬러, 단순하고 미니멀한 조작키들, 거기에 사이즈는 무
조건 초소형, 초박형, 초경량. 엠피쓰리 플레이어건, 휴대폰이건, 디지털 카
메라건 이런 디자인이 무조건 대세다. 새로 장만한 최신제품이라며 자랑스
럽게 쓰윽 내미는 휴대폰들을 받아들면 요즘은 정말이지 어디서부터 칭찬
을 해줘야 할지도 모르겠다. 겨우 나이 서른에 벌써 뒤처지기 시작한 건지
는 몰라도, 이런 소위 '똑똑한' 기계들, 내게는 영 솔직하지 않아 뵌다. 사이
즈는 점점 작아져야 하고, 기능은 점점 많아져야만 하다 보니, 제한된 공간
속에 수수께끼 같은 조작키들만 점점 늘어간다. 하나의 조그셔틀이 돌리는
방향과 조작방법에 따라 작업을 서너 개씩 수행한다. 어떤 키들은 조작순서
에 따라 정반대의 역할을 하기도 한다. 한 단계 한 단계, 그네들의 까다롭고
민감한 조건들을 충족시키며 정성스럽고 충성스럽게 매뉴얼을 쫓아가야지
만 제대로 된 결과물을 얻을 수 있다. 마치 격투게임을 하는 것 같다. →,
→, →, ↗, A = 필살기.

나는 직관적으로 조작할 수 있는 디자인이 좋다. 슈거파우더 도넛처럼 아무 정보도 제공하지 않는 허여멀건 조그셔틀 따위는 그냥 회화나 티셔츠 프린트로만 존재해 주었으면 좋겠다. 가로 7센티미터 · 세로 15센티미터의 거대한 위용을 자랑하며, 'program / function / direct' 따위 자기들만 아는 은어를 빼곡히 적어놓은 통합 리모콘도 싫다. 셔터가 있으면 누르면 되고, 수화기가 있으면 들어서 다이얼을 돌리면 되고, 씨디를 넣고 나서 플레이버튼을 누르면 되는 그 단순명료한 세계! 그 세계에서 길을 잃고 헤매는 어린 양이나 어르신들 이야기를 들어본 적이 있는가?

빈티지 카메라는 이러한 편안함을 나에게 선물한다. 화려한 기능을 따라가느라 바쁘게 버튼을 조작할 필요 없이, 그저 노출계 바늘만 맞춰주고 셔터만 눌러주면 자기 재량껏 사진을 뽑아주는 친절함. 느리고, 편안하고, 우아하다. 미니멀하고 늘씬한 첨단 기기들은 확실히 재주도 많고 매끈하지만, 세련되고 도도한 척하느라 코르셋을 한껏 졸라매고 숨도 못 쉬는 아가씨들 같아서, 곁에서 비위를 맞춰주다 보면 나까지 숨이 가빠지고 만다.

첨단 기술은 물론 놀랍고, 그 매력을 증폭시키는 첨단 디자인의 힘 역시 엄청나다. 게다가 빈티지, 빈티지를 아무리 외쳐 봐야 그 목소리 때문에 기술발달이 지체될 리도 없고, 그 편리함을 맛본 자들은 결국 그 유용성을 인정할 수밖에 없다. 때문에 나 자신도 디카와 노트북을 마련했고, 지금껏 유용하게 잘 쓰고 있다.

그렇지만 때때로, 바쁜 일상을 살아가며 되도록 많은 역할을 수행해내려고, 가격 대 성능비가 높은 인간이 되려고, 완벽하게 삶을 잡도리하며 빈틈없이 나의 버튼들을 조작해내려고 아등바등하다 보면 내 자신이 요즘 유행하는 최신형 통합 휴대폰이 된 것만 같은 기분에 빠져버릴 때가 있다. 이럴 때가 바로 그들의 친절함이 필요한 때이다. 알파벳순으로 정리해놓은 씨디장에서 내게 딱 맞는 음반을 골라 오디오에 얹고 플레이버튼을 누른다. 차라도 한 잔 마시면서 수첩을 펴서 가사라도 몇 줄 적는다. 그리고 충분히 감정이 고양되었을 때, 비로소 카메라를 들고 밖으로 나선다. 그리고 각자의 기기들이 자신만의 역할을 차분하고 단순하게 해내는 것을 보면서, 나는 다시 그저 나 자신인 것에 대해 용서받은 기분이 되어버리는 것이다.

이기적인 이별 선언문

하지현 건국대학교 정신과 교수

내가 생각해도 난 좀 삐딱하다. 음악을 듣거나 책을 읽을 때 꼭 남들이 잘 모르는 것을 찾는다. 숨겨진 보물을 혼자 애지중지하며 '나만의 무엇'이 되게 하고 싶어한다. 그렇다고 고상한 예술 영화나 문예물만 좋아하는 것은 아니다. 호지 신이치의 엽편 소설을 낄낄거리며 읽고 절판된 책을 구하러 다니는 정도다. 간혹 취향이 맞는 사람을 우연히 만났을 때, 동질감의 시너지는 가히 오르가즘에 비할 데 없다. 그런데 또 하나 이상한 것은 그 좋아하던 대상이 너무 유명해지거나 어느 순간 잘 알려져버리면, 그 순간 좋은 집안에 딸 시집보낸 뿌듯함이 들기보다 반대로 호감이 뚝 떨어져버린다. 그러고는 뒤도 돌아보지 않고 다른 대상을 찾아 떠난다. 마치 셰인이 악당을 물리치고 새로운 적을 찾아 마을을 떠나듯이.

내게 클래지콰이의 호란은 현재 그런 의미에서 기로에 서 있는 존재다. 몇 년 전 새로운 음악이 내 귀를 간질이는 것이었다. 현실에서 3.5센티미터는 공중부양해 있을 것 같은 나른한 목소리. 그러면서 자의식의 과잉이 음악에 넘쳐 듣는 이가 무릎 꿇고 앉아 경청해야만 할 것 같은 의무감을 주지 않는 편안함. 나는 그때부터 호란에 대해 공부하기 시작했다. 그리고 즐기면서 나만의 상상의 세계를 펼치기 시작했다. 나만의 즐거움도 잠시, 불안해하며 예상한 대로 그들은 뜨기 시작했고, 게으른 나는 그들의 콘서트 표를 구하기 어려워졌다.

그녀가 심야 라디오 프로그램을 진행하게 되었다는 소식을 들었지만 아침형 인간인 나로서는 청취가 불가능한 일이라, 또 한 번 좌절의 울분을 삼켜야 했다. 그런데 나와 함께 은밀함을 공유하는 한 후배가 전화를 했다.

"호란 씨하고 인터뷰하러 가."

후배 녀석은 호란의 라디오 프로그램에 신청글을 올려서 채택된 것이다. 그에게 질투라는 감정을 순간적으로 느껴본 것은 그때가 처음이었다. 다음 날 그는 그녀와의 만남에 대해 상세히 묘사하며 최근 구입한 라디오 예약녹음 기능이 있는 엠피쓰리 플레이어를 보여줬다. 나는 패배를 선언할 수밖에 없었다.

삶의 신조를 '쿨'로 잡고 살고 있는 내가 왜 그녀 앞에서는 '핫' 한 호감을 갖는 것일까? 무엇이 그녀를 나의 상상의 제전에 모시게 만든 것일까? 그건 아마도 그녀가 내게는 비전형적인 이미지로 분류되기 때문이다. 그녀를 보고 있으면 기존의 내 데이터베이스로는 '이 사람은 이럴 것이다'라는 추측을 하기가 쉽지 않다. 일반적인 연예인이나 음악인들을 볼 때와는 또 다른 주류와 비주류의 경계선에 있는 모습. 직업적 대중문화인으로서의 프로페셔널리즘이 느껴지는 동시에 방송을 보면 즐기면서 아르바이트 삼아 하는 것 같은 심드렁함이 읽히는 양면성. 외모만 언뜻 봐서는 아무 생각 없이 사는 젊은이 같은데 가끔 하는 얘기를 듣거나 읽어보면, 수준 이상의 지적인 포스가 감지되는 헷갈림. 이런 비전형성은 나를 상상하게 한다. 나는 이 사람이 어떤 사람인지 상상하고 혼자 그림을 그렸다가 지우기를 반복한다. 인간을 꿈꾸게 하는 사람만큼 매혹적인 사람은 없다. 호란을 볼 때마다 다양한 층위의 상상력이 자극된다. 뇌가 마사지를 받는 기분이 든다. 펌프를 돌려 물을 퍼올리기 위해서는 처음 적은 양의 마중물을 부어야 한다. 창조도 그렇다. 상상의 펌프를 돌리기 위해서는 적은 양의 마중물이 될 대상이 필요하다. 최소한 나란 인간에는 그게 필요하다는 말씀이다.

그러나 이런 방식의 비극은 그 대상에 대한 현실의 정보가 많아질수록 마중물로 쓸 수 없어진다는 데 있다. 상상의 여지가 줄어드니까 말이다. 그런

면에서 최근 호란이 버라이어티쇼 등에 나와서 활발히 활동을 하는 것을 보면서 그녀가 소모되는 것 같아 안타깝다. 사실은 그녀가 걱정되는 것이 아니라 나의 은밀한 즐거움이 줄어들까 봐, 상상의 샘이 마를까 봐 불안해서 앙탈을 부리는 것이다. 그동안 그녀 덕분에 상상해낼 수 있었던 글과 아이디어가 부지기수인 내게 그녀가 유명해지는 것, 잘나가는 것은 화수분이 사라지는 것 같은 아쉬움이기 때문이다.

그런 와중에 그녀가 책을 낸다며 가당치 않게 내게 글을 써달라는 연락이 왔다. '감히 제가'라는 마음에 망설여졌지만 글을 쓰겠다고 수락한 것은, 라디오에 출연했던 후배를 향해 통쾌한 역전극으로 삼고 그녀에게 처음이자 마지막 팬 레터를 쓰기 위함이다. 이제 그녀는 더 이상 은밀한 상상의 대상이 아니다. 만인의 연인이며 동경의 대상이다. 거기다가 외국 가서 며칠 있다가 쓴 허접한 에세이가 아니라 오랜 독서 편력을 글로 풀어낸 이 책까지 출간한다고 한다. 가히 명실 공히 당당한 메인스트림의 삶이다. 내 상상력의 펌프를 돌릴 마중물이 되기에 그녀는 너무 덩치가 커져버렸다. 그런 의미에서 이 글은 그녀에게 보내는 매우 이기적인 이별선언문이다(자기 맘대로 만났다 헤어졌다 한다고 욕하지 마라. 그게 오타쿠적 삶의 방식이다).

호란의 p.s. 그런데 이를 어쩌나. 라디오에 출연했던 후배를 향한 통쾌한 역전을 기대했건만, 그 후배는 이 책에까지 흔적을 남기게 되었으니. 아르토 파실린나의 『기발한 자살 여행』에서 잠시 등장한 '우연히 만난 한 정신과 의사' 선생님이 바로 그 후배이시다.

같이 느끼는 즐거움

금태섭 변호사

문학비평계의 거장 해럴드 블룸은 『세계문학의 천재들』에서 문학사에 빛나는 백 명의 천재를 선정하고 그들을 자신만의 시각으로 읽어낸다. 스스로가 살아 있는 전설인 블룸이 셰익스피어를 비롯하여 세르반테스, 괴테, 로렌스를 해석한 글은 그 자체가 하나의 새로운 창작물이다. 문학작품에 등장하는 이 다양한 인물들은 블룸의 관점을 통해 다시 창조되고, 우리가 생각지도 못했던 모습으로 흥미진진하게 다가온다. '내 나이 일흔한 살에 다시금 셰익스피어를 읽어본다'는 말에 이어지는 햄릿, 폴스타프, 클레오파트라까지 그 이름을 보다 보면 얼른 서가로 뛰어가서 헨리 4세를 집어 들고 다시 읽고 싶어진다. 책이나 음악, 미술을 접하면서 다른 사람의 눈을 통해서 세상을 해석하고 스스로 성장하는 것은 얼마나 흥미진진한 일인지. 우리가 책을 읽고 음악을 듣는 것 또한 그러한 행위를 통해서 우리 주위의 모든 것들이 새롭게 변화하는 것을 느끼기 위해서라고 하면 지나친 말일까.

열정적 애서가인 호란의 글은 책과 음악을 통해서 세계를 바라보는 즐거움을 오롯이 담고 있다. 그의 말을 빌리자면 "책을 읽는 것은 언제나 작가와 독자와의 개인적인 만남 내지는 독자와, 작가가 상상력으로 빚은 그의 또 다른 자아와의 아주 비밀스럽고 개인적인 만남"이다. 그가 책을 되풀이해 읽는 것을 좋아하면서도 밑줄을 긋거나 메모하는 것을 이해하지 못하고, 책을 빌려가서 그런 '테러'를 감행하는 사람들과 냉전을 마다하지 않는 것은 독서가 항상 새롭고 자유로운 행위여야 한다는 것을 잘 알고 있기 때문이다. 그녀의 말마따나 책은 읽을 때마다 감상이 다르고, 몰랐던 사실을 깨닫게 하며, 알고 있는 익숙한 문장도 전혀 다르게 해석하게 하곤 한다. 호란의 글을 읽으면 내가 느낀 것과는 또 다른, 그만이 느끼고 배우고 해석한 책과 음악을 보게 된다. 그건 내가 접한 책이나 음악을 전혀 새로운 각도에서 읽고 듣는 것 같은 즐거움을 안겨준다.

호란의 책에 등장하는 『눈먼 자들의 도시』나 『한밤중에 개에게 일어난 의문의 사건』 그리고 『은하수를 여행하는 히치하이커를 위한 안내서』를 보면서 무조건적인 반가움을 느끼는 것은 나도 그 책들을 읽으면서 나만의 느낌을 가져본 적이 있기 때문이다. 한가한 휴일 오후에 소파에 드러누워서, 혹은 모두가 잠든 새벽녘에 다락방 책상에 앉아서 눈을 비비며 책을 읽는 것은 가장 사적인 경험이다. 책의 마지막 장을 넘길 때 갖는 느낌 또한 독자마다 모두 다르다. 그러나 독서를 통해 전에는 느끼지 못했던 것을 느끼게 되고, 알지 못하던 것에 생각이 미치게 될 때 얻는 기쁨은 결코 혼자만 간직해야 하는 것은 아니다. 그 구체적인 내용은 다르더라도, 다른 사람이 나와 똑같은 종류의 기쁨을 안다는 것을 확인할 때의 신기하고 반가운 마음은 책과 음악을 사랑하는 사람들에게만 주어진 선물이다. 호란의 글은 바로 그런 확인을 나에게 준다.

책을 통해서 새롭게 세계를 바라보는 눈을 뜨는 즐거움을 아는 사람과는 함께 성장하는 진정한 우정을 나눌 수가 있다. 내가 읽은 책을 권하고 상대방이 아는 노래를 함께 듣고, 그러다 문득 같은 것을 볼 때 느꼈던 서로 다른 생각을 나누다보면 이야기는 끝도 없이 이어진다. 글을 읽거나 음악을 듣는 지극히 사적인 행동이, 어느 순간 다른 사람과의 관계의 출발점이 되는 것이다.

몽테뉴가 말했듯이 우리가 쓰는 글의 소재는 바로 우리 자신이다. 호란의 글과 음악은 바로 그를 담고 있고, 나는 호란의 글과 음악을 접하며 호란을 알게 된다. 그의 손에 오르한 파묵의 책을 쥐여주고 그가 들려주는 음악을 들으며 그와의 이야기를 계속 이어가고 싶다.

호란의 p.s. 함께 성장하는 관계의 가치를 아는 사람을 만나는 것은 즐겁
다. 자신의 세계가 다른 사람을 통해 확장되고 진화하는 모습
을 보는 것도 즐겁다. 내가 모르는 어떤 곳에서 누군가 나와
함께 공감하며 미소 지을 수 있다는 상상은 얼마나 환상적이
고 신나는 것인지.

한 유디트의 레퍼토리

이승열 뮤지션

호란은 레퍼토리를 고른다

호란에게 케이티 턴스톨^{K.T. Turnstall}의 〈Suddenly I see〉라는 곡을 불러달라고 한 일이 있었다. 영화 〈악마는 프라다를 입는다〉에서 흘러나오던 노래다. 내가 호란에게 기대했던 것은, 슈퍼볼 하프타임 쇼 같은 흥겨움이었나 보다. 하지만 내 공연 게스트로서, 호란은 생각이 달랐다. 그녀는 〈Will you still love me tomorrow〉를 마음에 두고 있었던 것이다. 이 곡은 캐롤 킹^{Carole King} 더스티 스프링필드^{Dusty Springfield} 로버타 플랙^{Roberta Flack} 조니 미첼^{Joni Mitchell} 숀 콜빈^{Shawn Colvin} 그리고 에이미 와인하우스^{Amy Winehouse} 등 많은 싱어송라이터들이 즐겨 커버한 곡이다. 호란의 안목에 고마운 마음이 들었다. 아티스트로서 레퍼토리에 대한 직관은 중요하다. 부르고 싶은 곡들, 연출하고 싶은 이미지들에 대한 생각은 끝이 없다. 아티스트로서 '나'를 파악하는 순간, 순간의 경험이 쌓이면서 강해진 육감이, 자신의 레퍼토리를 지혜롭게 만들어가도록 돕는다. 〈Suddenly I see〉가 분명 훌륭한 노래이며

인기곡이지만, 호란에게는 분명 〈Will you still love me tomorrow〉가 제격
이었다. 호란은 이틀간이나 수고해주었으며, 무척 아름다웠다.

안빈낙도安貧樂道

MBC에서 호란은 한동안 〈뮤직 스트리트〉라는 심야 라디오 프로그램을
진행했다. 난 그 방송을 'Slumber Party' 파자마 파티와 비슷하게 10대들이 밤새 모여 노는 모
임라고 표현한 적이 있다. 친구들이 모여서 깔깔대며 웃으며, 얘기꽃을 피우
다 행복하게 잠 못 이루는 밤. 매주 월요일 한 시간 가량, 이승열이 모노톤으
로 들려주는 20세기 락커, 트루바투르음유시인 등등의 프로필 및 디스코그래
피의 텁텁함을 호란이 그토록 친절하게 받아준 것이 고마울 따름이다. 6개
월 동안 봐온 호란은 박식했다. 그리고 단호했다. 만약 호기심 많은 눈빛으
로 경청하는 라디오 호스티스의 모습만이 그녀의 전부였다면, 맨송맨송 재
미가 없었을 게다.

호란에게 처음 들었고, 이제는 내가 즐겨쓰는 말이기도 한 표현, 바로
'안빈낙도' 다. 이유 없이 영화 〈아메리칸 뷰티〉에서, 아마추어 비디오 아티
스트, 리키 피츠Ricky Fitts가 촬영하던 한 장면이 떠올랐다. 바람에 날려 춤추
는 비닐봉지의 모습과 그 모습이 얼마나 아름다운지 진지하게 얘기하던 그

의 목소리.

안빈낙도, 멋진 표현이다. 호란의 세계와 나의 세계가 묘하게 교차했다. Just Once.

유디트Judith

카라바조, 미켈란젤로, 클림트 등이 그려낸 전설의 유디트. 호란의 싸이월드 홈피에서 '유디트'라는 제목의 짧은 글을 읽었다. 명화 속의 유디트는 홀로페르네스의 잘린 머리를 들거나, 쟁반 위에 담아 나르고 있거나, 자르고 있는 찰나거나, 비장해 보이거나, 슬퍼 보이거나, 뒷모습을 보이거나, 황홀경에 빠진 듯 우리를 응시하거나 한다.

이러한 여전사의 이미지나 아이콘은 나로 하여금 아직은 '여성=약자'의 공식이 설득력이 있음을 되새기게 한다. 유디트는 소울의 제왕 제임스 브라운James Brown의 곡 〈It's a man's, man's, man's world〉 혹은, 오노 요코Ono Yoko가 말했고, 존 레논이 노래했던, 〈Woman is the nigger of the world〉 또는 마돈나의 〈What it feels like for a girl〉에서 듣던 샤를로뜨 갱스부르Charlotte Gainsbourg의 내레이션을 떠오르게 한다. 호란은 아티스트로서 어떠한 어젠다agenda가 있을까 궁금해진다. 호란과의 교류를 통해 느낀다. 아티스트로서, 인간으로서 그녀는 편협하지 않다는 것을. 그녀의 시선은 패기로 넘치지만, 이 세상을 똘레랑스의 눈으로 바라보고 있었다. 치명적 무기를 손에 든 유디트처럼 호란의 눈빛은 비장하다.

호란의 p.s. 위에 언급된 이승열 씨의 공연에서, 나는 이런 멘트를 했었다.

"전 나중에 커서 이승열이 되고 싶어요."

그 생각은 지금도 변하지 않았다.

팜므파탈의 모든 것

배영준 뮤지션, W (Where the story ends) 멤버

등장인물

나(부산 출생, 평소에는 'W'의 리더인 척하나 반 백수)

동생(부산 출생, 평소에는 자동차 도색 디자이너인 척하나 완전 백수)

방실(서울 출생, 동생 여자 친구)

2003년 늦겨울 저녁, 서울 논현동 플럭서스 녹음실

나: 아휴 여자친구도 데리고 오는데 미리 연락을 좀 하고 오지.

동생: 아이다. 부담스럽구로. 잠깐 얼굴만 보고 갈라캤다. (방실을 보며) 인

　　사해라. 띨띨한 우리 형이다.

방실: 안녕하세요.

나: 아이고. 예. 반가워요. 되게 예쁘시네.

동생, 방실: 헤헤.

동생: 아, 근데 아까 녹음실 입구에서 형이랑 인사하던 그 여자 분은 누고?

나: 누구? 아아, 호란이라고. 우리 회사에서 새로 나오는 클래지콰이라는 팀 보컬이다. 와? 옆에 여자친구가 있는데도 눈길이 확 가드나?

동생: 아, 아이다. 그냥 그 머라카노? 되게 연예인처럼 생겼더라.

방실: 나는 잘 모르겠던데. 그냥 성질 한번 부리면 아무도 못 말리게는 생겼더라. 뭐.

동생: 오데? 목소리가 억수로 낮고 부드러워가 화를 낸다 캐도 되게 차분할 것 같은 스타일이더만. 하기사 뭐, 그런 사람이 함 열 받으면 더 무섭기는 하지.

방실: (꾹 누르며) 그런가? 근데 나는 좀 지나치게 멋을 낸 것 같더라. 헤어스타일이랑 코에 피어싱한 것도 그렇고, 반지도 만화 『나나』에 나오는 주인공이 낀 거랑 똑같은 거던데 만화책 되게 좋아하나 봐. (조그맣게)유치하게.

동생: 머라카노? 하이튼 여자들은 다 왜 그러나 몰라? 그냥 지보다 쫌 이쁘면 어떻게든 흠집을 낼라 카지.

방실: 뭐라구? 지금 그게 무슨 소리야? 하여튼 남자들은 그저 좀 괜찮다 싶은 여자가 있으면 어쩜 그리 입방정을 떠나 몰라. 아까 인사할 때

그냥 쫓아가지 그랬냐?

동생: 아니 근데 이게 지금.

방실: 왜? 내가 지금 뭐 틀린 말이라도 했니?

나: (한숨 한 번 쉬고)니네 이제 그만 가라.

2005년 여름밤, 부산 해운대 하얏트 호텔 라운지

동생: 와아, 형 니는 좋겠다. 이런 데서 공연도 하고.

나: 아유, 좋기는 무슨(잠깐 쉬었다가) 록 스타들의 일상이지 뭐.

나, 방실: (마주보며)우헤헤.

동생: 근데 아까 보니까 솔직히 공연은 클래지콰이가 더 지기더라.

방실: 아유, 지금 그 얘기를 꼭 해야겠니? 신경 쓰지 마세요. 오빠. 저는 W
　　공연이 클콰보다 오만 배 좋았다고 생각하거든요.

동생: 웃기시네. 아까 뒤풀이에서 알렉스랑 인사할 때 보니까 얼굴 벌개가
　　어쩔 줄 모르더만.

방실: 내가? 내가 언제? 그리고 나는 그렇게 눈웃음 찐한 남자는 별로 안
　　좋아하거든. 그러는 자기야말로 호란 씨가 악수해주니까 하이고, 손

까지 달달 떨더라. 오죽하면 옆에서 DJ 클래지 오빠가 밥 먹다 말고 씨익 웃겠냐? 내가 다 창피해서 원.

동생: (자신 없이)그 양반이 그래가 웃은 거 아니거든요. (발끈)아니 것보다 니는 무슨 여자가 처음 같이 식사하는 자리에서 밥 한 공기를 그렇게 따복따복 다 먹을 수가 있노? 호란 씨는 밤이라고 국물 몇 숟가락 밖에 안 뜨더라. 같은 여자로서 뭐 느끼는 거 없드나?

방실: 아니 이게 이젠 사람 밥 먹는 것 가지고, 딱 보면 모르냐? 호란 씨 다이어트하느라 그런 거지. 나중에 숟가락 내려놓을 때 엄청 힘들어 하는 거 훤히 보이더라. 그리고 무슨 여자가 술을 그렇게 잘 마시나? 아주 술꾼이더라. 술꾼.

동생: 여자가 분위기 유쾌하게 이끌면서 술 잘 마시는 거 나는 억수로 보기 좋더라. 솔직히 우리 호란 씨가 약간 야누스 기질이 있잖아. 대기실에선 차분히 책 읽고 회식 때는 사람들이랑 즐겁게 어울리고.

방실: 뭐? 우리 호란 씨? 난리 났네. 난리 났어. 혼자서 멍석 깔고, 자리 펴고 북치고 장구까지 다 치시느라 엄청 피곤하시겠어.

동생: 야!

나: (한숨 한번 쉬고)니네 이제 그만 가라.

동생: 행님아. 니 뭐하노? 사람이 왔는데 쳐다도 안 보고 컴퓨터 앞에 안자가 워드나 치고 있고 말이지.

방실: 어머, 가사 쓰시나 봐요?

나: 아니 이번에 호란이가 책을 낸다고 해서 내가 원고 한 꼭지 쓴다고 했는데 아유, 어떻게 써야 되냐? 이거 무슨 위인전처럼 쓸 수도 없고.

동생: 와아. 그 사람 책도 쓰나? 지기네.

방실: (뜨악한 눈길로 동생을 바라보며) 뭐, TV나 라디오에서 말씀도 워낙 조리 있게 잘 하시니, 가끔 잡지 같은 데에 글 쓰신 것도 봤는데 뭐, 좋더라고요.

동생: 아니 뭐, 우리 호(움찔) 그 누구냐, 그 호란 씨가 글도 잘 쓰시겠지만 남자들은 너무 똑똑한 여자는 좀 부담스러워하는데. 나는 호란 씨가 너무 인텔리젠트한 이미지라 항상 그게 걱정이 쪼매 되더라고.

방실: 아이고, 영어가 고생한다. 정말. 내 보기에 호란 씨는 자신의 그런 이미지를 부담스러워하는 남자들을 부담스러워할 것 같은데. 그리고 호란 씨 이미지가 무슨 인텔리젠트냐? 팜므파탈이면 또 몰라도.

동생: 애초에 사람의 이미지를 한마디로 이렇다, 저렇다 함부로 규정하는
      게 사실은 무식한 거 아이가. 팜므파탈이 뭐고? 그 프랑스 말로다가
      운명적인, 숙명적인 여인이니까, 영화나 소설 같은 데서 남자 주인공
      을 위험에 빠뜨리는 그런 여자 아니드나. 그렇지.(눈을 지그시 감으
      며) 호란 씨한테는 그런 거부할 수 없는 마력 같은 게 있지.

방실: 어쨌든 한마디로 말해 '위험한 여자' 라는 이미지잖아.

동생: 그렇지. 위험하지. 근데 모든 남자들은 그런 여자들을 좋아한단 말
      이야.

방실: 나는 어때?

동생: 뭐가?

방실: 아니, 그 있잖아? 그 뭐랄까. 어떤 치명적인 매력 같은 거, 아이 씨
      그걸 꼭 내 입으로 말해야 되겠니?

동생: 웃기고 자빠지셨어.

방실: 야!

나: (원고 분량도 다 됐고)니네 이제 그만 가라.

호란의 p.s. 하하하……. 어디까지가 진실이고 어디까지가 허구일까?

'W'의 리더인 배영준 씨는 내가 아는 어떤 이보다도 순수한 자신만의 왕국을 지키고 있는 사람이다. 그가 써내는 가사들은 언제나 감탄스럽다. 자신만의 차원으로 비튼 그의 아름다운 세계를 더 많이, 더 많이 보고 싶다.

음악하는 많은 선후배들 가운데 만화에 대한 오타쿠적 정열을 서로 이해해주는 드문 관계이기도 하다.

굳세어라 미스 황!

전수영 마포죽네죽네단장

얼마 전 친구들과의 간단한 술자리에서 호란이 가장 열정적으로 얘기했던 주제는, 자신이 최근 구입한 DVD 박스세트가 얼마나 훌륭하고 유익하며 황홀한 물건인가에 대한 것이었다. 그녀는, 지구에 관한 그 다큐멘터리의 내용과 화면과 음악, 심지어 성우의 목소리마저 너무나 근사하고 매력적이라고 웅변하면서, 세계에서 가장 거대한 동굴이며 투명하기 그지없는 호수들의 신비로움에 대해, 가장 높은 폭포와 만년을 견딘 기암괴석들의 장엄한 풍경에 대해 눈을 반짝이며 행복한 표정으로 묘사했다. 평소처럼 "그러므로 너희도 사서 보려무나"로 마무리한 그녀 애기의 클라이맥스는 어린 부엉이의 비행연습과 새끼 원앙의 생애 첫 점프에 관한 부분이었다. 녀석들을 생각하는 것만으로도 너무나 사랑스러워 견딜 수 없다는 표정으로 설명에 열을 올리던 그녀는 느닷없이 벌떡 자리에서 일어나 그네들의 몸짓을 재현한다. 실컷 몸을 움직이고선 득의양양한 눈빛으로 우리를 둘러보며 자신의 신개발 '부엉 땐—스' 와 '원앙 점프 땐—스' 가 어떠냐고 묻는다. 이로써 그녀에겐 '도마뱀 땐—스' '키위새 춤' '거북 춤' 등에 이어 대략 스물여덟 번째와 스물아홉 번째의 셀프 프로듀스드self-produced댄스 레퍼토리가 생겼다. 모두들 앵콜을 외치고, 몇몇은 일어나 더불어 이상한 춤을 춘다. 이어 누군가 기타를 잡고, 누군가 노래를 부르고, 누군가 소리 내어 만화를 읽고, 누군가 사진을 찍고, 누군가 요리를 하고, 누군가 영화를 틀고.

디오니소스적 흥취는 쉽사리 가시지 않고, 술자리는 늦게까지 이어진다. 시시덕거리는 농담으로 시작하여 각자의 논쟁 취미를 만족시켜주는 가열찬 토론을 거친 이후 우리 '마포죽네죽네단' 의 술자리가 흘러가는 대개의 방향과 과정이 이러하다.

사랑스러운 커뮤니티 활동은 이런 방식으로 계속 반복되고, 또 매번 진화한다. 호란은 그러한 반복과 진화의 한가운데에서, 튼튼하고 강렬하지만 산뜻한 향기가 나는 새빨간 에너지를 끊임없이 쏟아낸다. 소주 서너 병은 너끈히 비워가며.

리토르넬로ritornello, 그리고 리듬적 인물. ……군이 요약해야 한다면.

그녀에 대한 사람들의 평가는 제법 극단적이어서 흥미롭더라.

타고난 것이 많아 자연스럽게 풀어내기에 능숙한 감각적인 뮤지션. 무엇을 맡겨도 척척 해내는 똘망똘망한 아가씨. 셈페르 파라투스, semper paratus. '언제고 준비되어 있는 이' 라는 뜻의 라틴어 호란. 혹은, 운 좋게 미디어의 세례를 받아 이미지뿐인 이름을 얻은 연예인. 아티스트 흉내를 내는 치기 어린 피에로 아가씨.

전자가 압도적으로 많긴 하더라만, 두 경우 모두 그녀를 '지적이고 섹시하고 트렌디하고 어쩌고' 의 범위에 굳이 구겨 넣고자 고심하며, 애써 노력하고 밤새워 공부하는 모습과는 그닥 어울리지 않는 매끈한 캐릭터로서의 이미지를 그녀에게 덧씌운다. 그들 눈에 보이는 그녀의 집중과 그 대상이래야, 나른한 햇발이 부드러운 봄날의 따뜻한 창가에서 실 뭉치를 가지고 노는 고양이의 치열함 비슷한 어떤 것일 테지. 우습거나 귀엽거나 동떨어졌거나.

하지만—누군들 그렇지 않겠냐마는—그녀는 세계가 그녀를 소비하는 방식과는 매우 다른 좌표에서 스스로를 인식하고 행동한다. 그녀는 우리의 삶과 현실에 꾸덕하니 묻어 있는 남루한 가치들과 소통하는 법을 알고, 자신의 표현 범위에 그들을 포함하는 것을 주저하지 않는다. 적어도 내게 있어 그녀는, 미궁 같은 이미지의 환영 속에서 헤매지 않는 법 정도는 벌써 체득한 것처럼 보인다.

그녀의 그런 네비게이션 능력과, 그녀 스스로 자신을 '아티스트' 라 강변하지 않는 처신에 때때로 나는 무척이나 감탄한다. 유쾌해진다. 진심으로 존경스럽다. 이름에 연연하지 않고 되어가는 대로 놓아두는, 그럼에도 불구하고 딛는 걸음걸음마다 무척이나 조심스럽고 분명한 그녀의 방식이, 그녀의 맨 모습이, 반복 속에서 차이를 찾으며 진화해나가는 그녀의 날것 그대로의 표현의 방식이, 얼마나 아름답고 매력적인지. 어찌나 청춘의 한 페이지스러운지.

그런 까닭에 나는, 그녀가 자신의 밴드를 만들겠다고 했을 때도, 뚱기뚱기 기타를 치며 자작곡을 들려주었을 때도, 시나리오의 기획을 짰다고 했을 때도, 옷의 디자인 스케치를 하고 있다고 했을 때도, 자신이 찍은 사진의 감정선에 대해 얘기했을 때도, 시며 그림들을 보여주었을 때도, 이렇게 책이 나온다고 얘기했을 때도, 전혀 의아하거나 놀랍지 않았다.

그녀는 그러한 표현의 장르적 변주를 일관된 스스로의 틀 안에서 근사하게 완결시킬 수 있는 사람이다. 그녀의 다양한 이야기는 여전히 맥락이 있고, 그녀는 그러한 맥락을 자신의 삶 안에서 길어 올린다. '척' 하지 않는 재기는 부단히 스스로의 리듬을 이어나가려 노력하고, 스스로의 냄새에 결 고운 층을 더하고, 그래서 강력하게 사람들을 매료시킨다.

그래, 그게 내가 알고 있는 그녀인데, 의아할 게 무에 있나.

그녀 스스로야 노래할 때가 가장 행복하고 황홀하다지만, 그렇다고 내가 그녀를 노래하는 사람. 이라고 정의하는 것은 웃기는 노릇이고, 일련의 다른 방식들에 대해 노래하는 사람의 외도가 제법 성공적이다. 정도로 얘기하는 것은 더욱 낯 뜨거운 노릇이지 않은가.

솔직히 얘기하자면, 나는 그녀의 노래만큼, 혹은 그 이상으로 그녀의 댄스 레퍼토리가 좋다. 그녀의 춤은 맨정신에 보자면 살짝 민망하고 정말로 웃기지만, 보다 명확한 방법으로 현실에 닿아 있는 그 선명한 표현력이 촘촘히 내게 박혀 들어와 남실남실 휘젓고 나가는 느낌은 말로는 다 설명할 수 없을 만큼 사랑스럽거든.

나는 그저

그녀가 하는/하고자 하는 많은 일들이 좀더 나은 표현 방식과 기술을 찾기 위한, 혹은 표현과 소통 그 자체를 위한 긴 여정의 분투하는 갈래로서 기능하고 읽혀지길 바랄 뿐이다.

그녀가 그 안에서 결국 '설탕과 향료와 온갖 좋은 것'들을 만나고 행복해지길 바랄 뿐이다. 그녀의 노마딕한 여정이 어떠한 가치와 감성과 미래를 담아나갈 것인지 궁금할 뿐이다. 해서, 새로운 댄스 레퍼토리가 추가되길 기다리는 것만큼이나 설레고 두근거리는 마음으로 그녀의 다양한 결과들을 기다릴 뿐이다.

　어릴 적, 과천의 야산을 뛰어다니며 씀바귀며 쑥을 잔뜩 뜯어 그날의 된장국 재료로 썼다는 까무잡잡한 소녀는 지금도 여전히, 강변북로에 늘어선 능소화며 자귀나무에 그윽한 눈길을 보내는 흔치 않은 야생의 정서를 가지고 있다. 갖은 동식물과 아날로그적인 것들에 대한 온갖 감성적 정보를 머릿속에 잔뜩 집어넣고 훈장이라도 단 것처럼 뿌듯해하는 그녀를, 대부분의 사람들은 트렌드의 최전선 어딘가에 흩어진 수많은 아이콘 나부랭이 중 하나로 소비할 것이고, 그건 아마 앞으로도 상당한 시간 동안 지속될지도 모르지만,

　그녀는 아마 씁쓸한 듯 소주잔이 잘 어울리는 표정을 잠깐 지었다가,

　다시 스스로의 내밀한 줄타기에 더욱 열중할 것이고.

　살아내는 것이 아닌 살아가는 것을 위해 자신의 리듬을 더욱 다듬어나갈 것이고.

　결국에는 격과 결이 모두 온전히 좋은 향을 짙게 품어내고 있을 것이다.

아마 나는,

덕분에 그때마다 그녀의 그런 잠깐의 쓸쓸함과 맘 상함을 핑계로 '마포죽
네죽네단'을 소집하고 얼씨구나 술잔을 치켜들 수 있을 테지.

굳세어라, 미스 황!

동교동의 호랑이가 되려무나.

따위 시답잖은 소리를 지껄여대며.

호란의 방

현재 두 마리 키우고 있다. 한 마리는 9년째, 한 마리는 4년째. 사실 모든 고양이는 그 날렵한 몸짓과 조곤조곤한 애정표현, 고마운 독립성만으로 충분히 사랑할 만한 가치가 있다. 모르는 사람들은 고양이가 냉정하다고 얘기하지만, 요란하지 않게 그와 나만이 알 수 있을 정도로 조심스럽게 드러내는 귀여운 애정표현에 중독되다 보면 끊임없이 시중을 들어주면서도 그만 빠져버리게 되는 게 모든 애묘인들의 공통적인 수순이다.

고양이는 예쁘고 자기애적이며 신중하다. 바다 속 촉수같이 흔들리는 흰 털을 가진 페르시아 고양이를 처음 입양했을 때, 나는 그 풍성한 우아함에 홀딱 반해서 창틀에서 졸고 있는 모습을 쳐다보고 있는 것만으로도 황홀했다. 몇 년이 지나 이제 한 마리쯤 더 키워볼까 하는 생각이 들었을 때, '그래, 장모長毛 종은 키워봤으니 이번엔 러시안 블루를 키워볼까' 하고 내심 결정을 내려놨음에도 불구하고, 많은 고양이들 사이에서 내가 결국 마음을 빼앗긴 건 태비무늬가 예쁜 페르시안 친칠라였다. 덕분에 쉬는 날이면 고양이 털 청소하느라 수명이 준다.

표정이 풍부한 무무와 토란이

오리엔탈리즘이든, 젠 스타일이든, 어떤 이름으로 부르든 간에 세계적으로 동양적인 스타일이 관심을 끌기 시작한 지도 꽤 되었다. 최근에는 한복의 저고리나 치마를 응용한 화려한 드레스들도 등장하고 있다고 하니, 한국인으로서 참 반가운 일이다.

하지만 오히려 우리나라에서는 우리 것들의 디자인이 제대로 평가받고 있지 못하다. 극동의 오랜 역사를 지닌 우리나라에서 왜 굳이 할리우드식 해석을 거쳐 재구성된 '오리엔탈리즘'을 연출해야 하는 걸까. 젠 스타일이니 동양적인 미美니 부르짖지 않아도 우리에게는 아름다운 전통 패션들이 무궁무진 존재한다. 섹시한 아름다움도 그렇다. 개량되고 과장된 실루엣들이긴 하지만, 차이나드레스나 기모노가 동양의 섹시함으로 자리 잡은 것처럼, 언젠가 아름다운 한복이 기타와 함께 신비롭고 페티시적인 뮤직비디오에 등장하는 걸 보고 싶다. 그때까지는 일단 산호나 비취, 은으로 만든 아기자기하고 예쁜 뒤꽂이들을 비녀와 함께 올림머리에 장식하는 것으로 참고 있겠지만.

산호나 비취, 은으로 만든 신비로운 뒤꽂이들

70년대에 나온 'SX-70'과 80년대에 나온 'EE-100'을 가지고 있다. 지금 'EE-100'은 고장이 나서 수리가 필요한 상황이지만, 두 녀석 모두 멋진 외관만큼 소박하고 예쁜 사진을 찍어주는 녀석들이다.

쏟아져 나오는 신제품들, 작년 물건이 이미 구닥다리가 되어버릴 정도로 빠른 속도로 달려가는 신기술들을 따라가려면 눈이 핑핑 돌 지경이다. 이 정도쯤 되면, 이미 필요에 의한 소비가 아니다. 소비가 필요를 만들어내고, 공급자들은 상품과 함께 필요 또한 공급한다. 정신이 없다. 무엇을 갖고 있든, 미디어는 내일이면 또 '당신에겐 이게 부족해' 라며 소비를 강요할 것이다.

빈티지가 갖는 매력은 세월과 함께 전 주인들의 손때가 쌓인 것도 있겠지만, 무엇보다 신제품이 더 이상 나오지 않는다는 데 있다. 이미 한참 전에 단종된 그 모델들을 만지작거리며 난 느리게 호흡하며 안심해도 좋다. 그 물건들은 아무리 세월이 지나도 지금의 가치를 잃지 않을 것이다. 아이러니하게도, 지나치게 뒤떨어졌다는 그 이유 하나만으로. 그 카메라들이 만들어내는 바랜 듯한 따뜻한 사진들은 차치하고라도 말이다.

빈티지 카메라라면, 60년대에 나온 수동카메라나 80년대 생산된 하프카

메라도 갖고 있지만, 매력으로는 폴라로이드가 으뜸이라는 생각이다. 세상
에 하나밖에 존재하지 않는, 시간을 가둬놓는 예쁜 도구.

빈티지 폴라로이드 'SX-70'과 디지털 카메라가 함께 만들어낸 사진.

프레임 속 프레임 속 프레임의 따뜻한 낮잠.

2006년, 가슴이 따뜻하게 트였던 태국의 느린 하늘

프랑스 몽마르트 언덕에서 불춤 추던 집시와 홋카이도 차창의 풍경

평범한 터널에 누군가 지나가면 풍경이 된다

면허를 딴 뒤, 내가 세단을 몰아본 경험은 열 번이 채 안 된다. 면허를 따기 한참 전부터 '드림 카'라면 국산 지프형 자동차 하나뿐이었고, 몇 년이 지난 지금도 딱히 갖고 싶은 다른 차는 떠오르지 않는다.

사실, 안락함이라는 면에서 본다면 지프가 세단을 앞설 수는 없을 것이다. 특히 5, 6월쯤에 지프의 애로사항은 극에 달하는데, 에어컨을 틀기는 애매한 날씨라 창문을 열면 우두두한 소음 때문에 음악조차 들을 수가 없기 때문이다. 진동도 세단과는 비교할 수 없는 정도여서 적응이 안 된 사람들은 멀미도 자주 한다.

하지만, 생애 최초로 가진 드림 카다 보니, 진동도 소음도 그저 정겹고 편하기만 하다. 지프를 좋아하는 이들은 그 진동도 지프의 매력 중의 하나라고 말하는데, 나는 진동이나 소음이 없는 차 자체를 그다지 경험해보지 않았으니 더더욱 그렇다. 무엇보다도, 지프는 높은 차고 때문에 미니스커트를 입은 날에도 버스나 주유소의 시선을 아랑곳 않고 안심할 수 있으니 더할 나위가 없다.

그러고 보니 이 역시 지금은 단종된 차종이다.

진동도 매력으로 느껴지는 지프. 면허 따고 마련한 첫 차이자 이제껏 유일한 나의 이동수단

나는 다른 사람들보다도 어린 시절의 기억이 희미한 편이다.

단편적인 기억이 남아 있다고 해도,

몇 살 때, 어디서, 어떻게 같은 정보는 전혀 기억나지 않는다.

하지만 사진 속 이불의 촉감은 너무나도 또렷이 남아 있다.

스토리에 대한 기억이 없더라도 촉감과 냄새에 대한 기억은 너무나도 오래 남는다.

누군가의 눈 속에 비친 내 모습

2005년 6월, 홍대에 오피스텔을 얻었다.

짐을 풀기도 전에 꽃병부터 세팅하고, 집 앞 둔치를 걷고

아무도 방해하지 않는 나만의 공간이 생긴 데 마음껏 행복해했다.

코엑스 아쿠아리움. 해파리 사랑해! 해파리 최고.

구경 중, '직접 손을 넣어 만져보세요' 라고 씌어 있는

코너가 있어 엄청나게 흥분하며 달려갔더니

밋밋한 색깔의 불가사리들만 잔뜩 있어서 친구와 한참을 웃었다.

언제 어디서 어떻게 묻든, 내게 가장 의미 있는 뮤지션은 수잔 베가다. 그녀의 노래를 듣게 된 이후로 음악을 대하는 나의 시각은 전혀 다른 세계를 향하기 시작했으니까. 그녀를 알지 못했다면 나는 지금까지 달려오지도 못했을 것이고, 이런 모습으로 만들어지지도 않았을 것이다.

그런 그녀가 2005년 4월 4일, 내한공연을 가졌다. 총 공연시간 한 시간 반, 수잔 베가 자신과 베이스 주자 한 명만으로 이루어진 약간은 서운함을 남기는 공연이었지만 그래도 역시 처음부터 끝까지, 나는 '각'을 흐트러뜨리지 않은 채 정자세로 그녀의 공연을 경청할 수밖에 없었다. 사진으로만, 목소리로만, 알파벳으로만 존재하던 추상적인 그녀가 몸소 내 앞에 나타나 실제로 노래를 하고 있는 것이다. 나 혼자만을 위해 온 것도 아닐 텐데, 그 공연이 내게는 어찌나 개인적으로 느껴지던지.

공연이 끝나자마자 현장판매 중인 그녀의 베스트 앨범을 샀다. 씨디 세 장으로 구성되어 있는 스페셜 앨범. 가격도 꽤 비쌌지만 지금 그게 대수겠는가. 긴긴 줄 끝에서 한참을 기다린 끝에, 드디어 사인을 받을 수 있었다. 기다리는 내내 친구와 잡담 나눌 정신도 없이 그녀에게 전할 멘트를 연습했는데, 정작 앞에서는 얼어서 제대로 얘기할 수도 없었다.

그렇게 받은 그녀의 사인이 담긴 씨디. 닳을까봐 제대로 듣지도 못하는
나의 보물이다.

스튜디오와 작업실 풍경, 함께 음악을 만들어가는 사람들과 공간

한밤중에도 새벽녘에도 집에서 몇 발짝만 나가면 어디든 갈 곳이 있는 홍대

몇 해 전 겨울, 따뜻하고 생생한 비늘

침대 머리맡에는 점점 사진이 늘어간다

fine